II　自作再見

その時あの時の今

私記テレビドラマ50年

I

日常をシナリオ化するということ

たとえばテレビドラマ一時間もの二十六回の恋物語を書くとします。すると、CMをぬかしても二十時間以上その恋とその周辺の物語を書くわけです。これはもう一時間半から長くても三時間ぐらいで終る映画とは、それだけでも相当ちがうものだといわなければならない。

そして、テレビドラマの本領は、そうした長い連続ものによって、より発揮されるというように思います。個人の思いとしては「二十六回もの」など実に大変でもう絶対にやりたくないと思っているが、それにもかかわらず、テレビドラマの醍醐味《だいごみ》があるとすれば、長いものだというように思う。

長いものにもいろいろなドラマがあります。次から次へと起こる事件でつないでいくというようなもの、あるいはシリーズの刑事もので一話ずつ完結しているものなどは、一つの事件に費やす時間量がそれほど映画とかわらない。また年代記もののようなものでも、ある時代に費やす時間がわりあい映画の時間の費やし方と似ているような作品は、私が「長いもの」という時に思い浮かべているものとはちょっとちがいます。いわば一時間の刑事ものの材料を二十六時間にひきのばしたようなものといえばいいでしょうか。二人の男女が知り合って、結婚するまでを二十六時間かけて物語るというようなもの。そういうものを書いていると、ああ、これはテレビドラマ以外のなにものでもないな、という思いが浮かんでくることがよくあるのです。

大体、それほど風変わりでもない男女が知り合って一緒になるまでの話に、二十六時間はいりません。といって平凡なそのあたりの人々の物語に、そうそう派手な事件は起こせない。すると、たとえば披露宴によぶ人を決めるというだけで一時間つかってしまうとか、女の方の姉がまだ独身で、面白くなくて一日街を歩くということだけで一時間をつかってしまうとか、映画では考えられない贅沢《ぜいたく》な時間のつかい方で、平凡な女や男の一日を書くことができるわけです。勿論《もちろん》それには面白く見せなければならないという条件がつきまとうわけですが、そのスピードの遅さ、ありあまる時間を、「真面目《まじめ》に」ライターが引き受けた時、テレビドラマは、他のメディアにはない力を発揮するのではないか、とよく思うわけです。思うだけで一向に発揮できませんけれど、それは力不足のせいで、テレビドラマには、その可能性が豊かにあるという気がしています。

たとえば映画なら、この人物はこういう性格だと決めて、それで二時間ばかりを押し通すことができます。しかし、二十六時間もあっては、そうはいかない。気の強い女が実は弱い面もあったという程度の人物描写では、とてももたない。なにしろ事件に立ち向かう時の女を描くのではなく、なにも起こらないある日、紅茶をひとりでボソボソいれているというところまで面倒みなくてはならないとなると、強い性格、弱い性格、おしゃべり、無口というような性格のとらえ方では、リアリティがなくなってくる。どんどん作者の都合で決めた性格設定からはみ出るものを必要としてくるのです。人間が持っている曖昧《あいまい》さみたいなものを、人物につけ加えていかないと、どうも嘘《うそ》っぽくなるのです。書いている時はそうでもなくても、放映されたものを茶の間で家族と見ていたりすると、ああ決めつけてるなあ、と思う。もっと曖昧だといいなあ、と思う。

で、映画ほど鮮やかな性格描写ができなくなる。鮮やかな性格描写を嘘っぽくしてしまうようなものが、長いテレビドラマにはあるのです。したがって、それぞれの人物が、少しずつ曖昧さを持ちはじめる。ある人間を憎んで憎んでこりかたまっている人間などというものの存在が危なくなってくる。勿論その憎しみはあるのだが、憎しみが存在となっているような人物ではなくなる。

たとえば雑誌の手記などで、ものすごく苦労した女性の話などを読みます。どうしたら人間がこんな目にあって生きていけるのだろう、などと思う。その人に逢《あ》ってみようと思う。ところが逢うと、そりゃあ苦労で皺《しわ》がよったり年より老《ふ》けてみえたりするが、なんだか平凡にニコニコしていたりする。暗い部屋で目ばかり光って、唸《うな》るように過去を語る、などということには当然のことながらならない。そういう感触とでもいえばいいでしょうか。

さしたることも起こらない二十六時間という長さが、ある情熱の表象である人物とか、ある性格の表象である人物の存在を浮き上がらせてしまう。曖昧な人物が一番リアリティがあったりするようなことになってしまうのです。

現代の演劇は、もうほとんど性格描写に情熱を示していません。性格というようなものを信じていない。しかし、多くの映画は、まだ性格描写を基底に根強く持とうとしている。鮮明な人物と鮮明な人物との対立からでなければ、鮮明なドラマは生まれない。曖昧な人たちの曖昧なドラマでは商売にはならない。そういう金銭的配慮もあって、鮮やかな性格描写というような世界を捨てきれないと思う。勿論テレビドラマだって似たようなものだが、悪名高いダラダラホームドラマが、その種のドラマづくりを、少しずつ崩していく尖兵《せんぺい》になり得るのではないかといったら手前味噌《みそ》がすぎるでしょうか。

過日、私のドラマ（TBS「岸辺のアルバム」）を二、三の方が批評してくださり、その批評にある型を感じたことがあります。

それは、ある家庭の「悲劇」を描いた作品なのですが、ドラマとして徹底していないという批評でした。妻が夫を裏切る。夫婦は悩むが結局は旧状に戻ろうとする。息子が家を出る。しかし出たままある和解にたどりつく。娘も親の意にさからうが、争いの後、両者が歩み寄ろうとする。それが結末でした。何故《なぜ》家庭崩壊までいかないのか、何故徹底して家族をバラバラにしてしまわないのか？　というのが批評の主旨でした。「ドラマとして徹底していない」というのです。

私の反論はこうです。

夫と妻の対立するドラマは、離婚するところまでいかなければ徹底したことにならないのか？　父と息子の対立は、息子が完全に父から離れてしまわなければ徹底したドラマにはならないのか？　家庭の崩壊を描いたドラマは、完全崩壊しなければドラマとして徹底しないのか？　甘いドラマなのか？

もしそうなら、徹底したドラマなど少しも書く気はないと思いました。

現実の家庭は、さまざまな問題をかかえて曖昧なまま、時にはカッとしても自分を抑えたり、酒をのんで悪口をいってみたり、ある時は思いがけなく愛情を感じたり、そんなこんなで、なんとか崩壊をくいとめようとして日々を送っているはずです。少なくとも問題をかかえた家庭の多くの場合が、そうだと思う。それは「甘い」ことでしょうか？　私はむしろその方が（だんご屋のようだが）「辛《から》い」ことだと思う。登場人物それぞれが自分を少しずつ抑え、曖昧なまま微笑を浮かべ崩壊をくいとめている姿の方が、崩壊して一人一人バラバラに生きている結末より私にははるかにリアリティを感じるし、徹底性もあると思う。

しかし、きっと「甘い」とかなんとかいう人がいるだろうと、念押しに、この一応のまとまりはほんの短い間のことかもしれない、というナレーションまで最後に入れているのに、やはり対立がどうの、徹底がどうのというい方の批評が出てくるのです。

もう一つ、このドラマの最後で、舞台となった家が川の決壊で流されてしまうという事件が起こるのですが、それに必然性がないという意見もありました。

家庭が崩壊し、その「入れもの」である日本の経済成長のおこぼれの「マイホーム」もこわれてしまった時、一家がもう一度歩み寄るという、いわば出来すぎた（必然性のある）プロットに照れくささを感じていた私は、ちょっと呆気《あっけ》にとられました。

事故は突然起こるものです。必然性があって起こる事故は事故ではないでしょう。理不尽にドラマの進行を横合いから断ち切るから事故なので、そんなものまで必然性を求める批評とは一体なんでしょうか？　事故も現実の事故ではないのだから、ドラマの必然性の中にくみこまれて起こらなければならない、というのでしょうか？　おそらく、そうなのでしょう。「近代劇」風に。

自作についての批評を材料にしましたが、直接の反論が主旨ではありません。性格について、人物の対立について、ドラマの徹底について、ドラマの中の事故に対する認識の仕方について、まだまだ右のようなドラマツルギーが横行し、時には放送批評家の形をとり、時にはプロデューサー、時にはディレクターの形をとってテレビドラマの上に力を振るっているという実感があります。

私はといえば、そうした、すでにほとんど現実をとらえる力のないドラマツルギーと対立するところで、ドラマを書いていかなければならないと思っています。

（一九七八年）

枝葉の魅力

日本のテレビドラマは、いま全体に視聴率がさがっていて、関係者はいろいろ苦い思いをしている。私もその一人で責任もあるのだが、自分のことは棚にあげて、出逢《であ》っている問題の中から二つのことを書いてみる。

一つは「速度」である。ドラマの進行速度が、画一化して来ている。刑事ものには、刑事ものの速度があり、どの刑事ものも物語の進行のスピードが似ているのである。それは歴史もの、ホームドラマ、学園もの、長時間ドラマ、どれをとっても共通の現象である。そしてその速度の内容は「枝葉を切って出来るだけ早く」というようなものだ。いうまでもなくそれは、早く物語が進行しないと、スイッチを切られてしまうという恐怖に根ざしている。しかし、私見によれば、テレビドラマの魅力のひとつは「枝葉」や「モタモタした進行」にあるのであり、演劇も映画もとりあげない「深い意味をつけようもないつまらぬ細部を拾って行く」ところにある。

しかしいまは多く「面白い物語」が主役である。そしてその無駄のない進行に「積極的」に関わる人物の「枝葉を切った行動」のみが描かれる。立ち止まっている暇はない。無論、そういうドラマの魅力を私は否定しないが、それによって全体が律せられていいはずがない。いかにストーリー、素材、解釈その他がちがっていても、進行速度、枝葉の切り方が似ているために、同じ水位の現実しかとらえることが出来ず、どれもが似たような印象をあたえてしまう。速度の多様化を許すプロデューサーは、いないとはいわないが、ごく少数である。そして彼らの、その点における「冒険」は、到底周囲に支持されているとはいえない。

二つめは、プロデューサー、ディレクター諸兄の頭のよさである。私は勝手に、テレビ局の入社試験が難しく「勉強の出来る人」しか入れなかったせいだ、と思っているが、彼らはライターの無意識な筆の走りに多く冷淡である。

ある場面とある場面の間に、何故《なぜ》こんな余計な場面が入ってくるのか。この場面が入ってくるために、ドラマの流れが止まり、明快度もそこなわれ、人物も曖昧《あいまい》になるではないか、と論理的につめ寄られると、当方は論理的な反論が出来ず、その場面のカットを承諾する、というようなことがある。その結果、たしかにドラマは流れ、分りやすくなり、人物は曖昧でなくなるのだが、なにやら「よくあるドラマ」と似て来てしまうのだ。

しかも、彼らは無理解なのではない。ライターの「無意識」「暗部」「曖昧」を個人的には、よく理解しているし、面白さも分っている。しかし、そうしたものを、「大衆」は受け入れない、というのが基本姿勢である。自分が見たくなるドラマを書くという方法でしか書きようがないライターとしては、気の重いことである。

私はテレビドラマが好きなのだが、時折なんともいえぬ閉塞感《へいそくかん》にとらわれ、奇声をあげて走り出したくなってしまう。

（一九八〇年）

映画からテレビへ

三十歳で会社を退職した。昭和四十年である。松竹映画の大船撮影所の助監督であった。いまでこそ「まだまだ映画は隆盛だったでしょう」などといわれるが、現在から見ればまだましであったということで、その頃の一社員の気持としては、あまり希望はなかった。

いわゆる「松竹ヌーヴェル・バーグ」が大島渚さんの「青春残酷物語」のヒットで華々《はなばな》しく台頭《たいとう》したのは昭和三十五年六月である。私はその潮流に助監督としてもわずかしか関わらなかったが（吉田喜重さんの第一作「ろくでなし」だけである）、若い先輩が次々に映画を撮《と》りはじめたことに興奮がないわけがなく、自分もことによるとおこぼれにあずかって、それほど先のことではなく監督になる機会があるかもしれないなどと思った。入社して二年目だから図々《ずうずう》しい話である。

「ろくでなし」のセット撮影の最中に、安保改定反対のデモが国会周辺に十一万人集まっているというニュースが入り、「こんな時にふざけてるんじゃないッ」と吉田さんが焦《い》ら立って若い俳優たちを叱《しか》りつけていたのを思い出す。

熱気はその年の十月で終った。やはり大島さんの「日本の夜と霧」の突然の上映中止で、同時に若い監督たちの勝手にはさせないという会社の姿勢が打ち出され、目の前に厚い壁がたてられたような気持になった。翌年の正月映画は「あんみつ姫の武者修業」「旗本愚連隊」。続いて五所平之助作品「猟銃」に「番頭はんと丁稚《でっち》どん」というような調子で私は岩下志麻さん主演のメロドラマ「あの波の果てまで」の助監督につき、将来こういう作品の監督として起用されたら、自分はどうするだろうなどと余計な心配をした。きっと断らずにそこそこ達者に撮ってしまうのではないか、そしてメロドラマの監督として世に出て、かつての友人からは嘲笑《ちようしよう》されながら、職人監督として会社から便利がられる。車と家ぐらいは持てるかもしれない。俳優たちは二次的な仕事として内心鼻をつまみながらやってくる。しかし、興行的には中ヒットを維持し、地方の映画館へ行くと「やっぱり映画はこういうすれちがいがいいねえ」とおばさんたちが涙を流して見ている。それで、なにが悪い？　そういう映画があってなにが悪い？　もしもし、看板ですと起されて、居酒屋のカウンターの隅で眠っていたのに気がつき、表へ出ればメロドラマの監督どころか、雪の石狩平野へロケに来ている心細き助監督なのであった。

それでも更に四年退職しなかったのは、その昭和三十六年の初夏、吉田喜重さんの導きで、木下恵介監督の下につくことになったからである。

吉田さんは二作品を演出したあとで、助監督に戻されていた。華々しい登場から一年たつかたたない間のことで、無念の日々であったと思う。「話がある」と撮影所の隅へ私を呼び、木下監督の仕事につかないか、といって下さったのである。

吉田さんは、木下組の助監督であった。当時木下恵介監督の大船撮影所での位置は、小津安二郎監督と並んで最高峰であり、小津監督は助監督を育てないが、木下監督は育てるという印象があり、事実小林正樹、川頭義郎、松山善三、そして吉田喜重さんと木下組から監督は輩出していた。

当然感謝して受けるべきなのに、私は渋った。はたから見る「巨匠」の組は、いろいろ面倒くさそうで気が重かった。

「そんなことをいうものではない。一流の人は、やはり他では接することのできないものを持っているんだから」とたしなめられ、九州阿蘇で「永遠の人」のロケをしている木下組に途中からついた。

吉田さんも助監督の一員だったが「一度監督になった人を、どうして助監督扱い出来るか」という木下監督の主張が通り、吉田さんは別格、もう一人助監督をつけるということで私が呼ばれたのであった。

阿蘇連山を背景にして豪農の屋敷のオープンセットが堂々と建てられてあり、近づいても少しも安手なところがないのに驚いた。気楽な小さな組を渡り歩いていた私は、たっぷり予算のある「巨匠」の組の丁寧《ていねい》な仕事振りに圧倒された。教えられることが、いくらでもあった。

しかし一方で、がっちりスタッフが固定化している組の息苦しさもあり、結婚する前の妻（だから妻ではなかったのだが）をタクシーで二、三十分のホテルへ呼んで、一晩だけだが、夜ホテルへ行き、早朝のロケに間に合うようにタクシーを予約して、ロケ場所へ馳《か》けつけたこともあった。そういうことは、もっとも木下監督の嫌うことであり、お前はもう終りだと先輩にいわれたりしたが、監督は寛大であった。

次の作品「今年の恋」のシナリオの口述筆記を命じられ、以後、木下監督の脚本の口述筆記を退職するまで続けることになる。これは恵まれた経験であった。

木下監督は脚本を書かれる時、旅館であっても自宅であっても、蒲団《ふとん》をひかせて寝ころがってしまう。その脇《わき》にお膳なり炬燵《こたつ》なりを置いて、私が座る。

「シーン1。観音崎燈台・遠景」というように監督がおっしゃる。その通り、私が原稿用紙に鉛筆で書く。「綾子台詞《せりふ》、お早うございます」とおっしゃると「綾子「お早うございます」」というように筆記をする。考えている間は当然あるが、口になさった台詞が訂正されることは、ほとんどなかった。これはもう天才的としかいいようがない。このようにして脚本が書けたら、どんなにいいだろうと、後年真似《まね》ようとしたが、到底凡才のなし得ることではなかった。

監督は時々、眠ってしまわれた。考えている間が長いな、と思っていると、軽いびきが聞こえはじめる。

すると筆記係はすることがない。で、自分なら、このあとどういう展開にするかと か、どういう台詞を続けるかというような事を考える。やがて監督が目を覚ます。台詞を口にされる。まいった、と思う。とても自分には思いつかなかったと思う。しかし、たまには、そうだろうか、自分が考えた展開の方がいいのではないだろうか？ などとも思う。

夕食になる。お酒が出る。調子にのって考えた事を口にする。聞いては下さる。しかし、監督も頑固だから、大抵は採用されない。納得する時もあれば、しない時もある。次第に監督とはちがう自分の世界に気がついてくる。自分のつくりたい作品が、監督にぶつかることではっきりしてくる。まるで個人授業である。これで給料を貰《もら》っていたのだから、安いなどと文句はいえない。

しかし、結婚をして長女が生まれた二十八歳の頃になると「巨匠」の組が、こたえて来た。脚本の口述筆記は、泊りこみで何日かかろうと、会社から残業料は出ない。撮影に入る。すると、木下監督は、ほとんど残業をなさらない。一日数カットを丁寧に撮り、おそくても五時、早ければ三時頃には終ってしまう。したがって残業料が少しも入らない。

撮影所の本給は、ある程度残業があることを勘定に入れて安くおさえられている。小さな組だと、三日四日徹夜というようなスケジュールが平気で組まれて、残業料が本給の倍などということもあったのである。ある日、妻から米を買う金がない、といわれた。これはちょっとした衝撃であった。

木下さんは当時としては高級なウィスキイを惜《お》し気もなく下さったり、本当に親切にして下さっている。会社も、監督が一流の旅館で脚本を書くといえば、口述筆記の助監督にも同等の宿泊費を払う。つまり、独身者なら結構いい暮らしなのである。しかし、妻子がいると、現金収入が少いのはこたえた。

結局これも木下さんのお世話になった。ラジオドラマの脚本やテレビドラマの脚色の仕事を回していただいたのである。ラジオの方は、安いと聞いていたが、それでも私が予想した金額とケタが一つちがう安さで、呆然《ぼうぜん》とした憶《おぼ》えがある。その昭和三十八年、松竹は年間配給収入が三十億円を割り、大手映画会社五社の最下位となってしまう。

木下さんに、代理店の博報堂から、テレビドラマを本格的にやってみないかと誘いがあったのが、その頃である。

当時の映画人のテレビに対する感情は複雑であった。映画不況の元凶は、まぎれもなくテレビであり、あからさまに反感蔑視《べっし》する人もいたが、テレビの時代が来ていることは否定しようがなく、敵視してすむのかという議論も当然あった。

木下さんは、ほとんど迷わなかった。松竹専属の監督としては最後の作品となる大作「香華《こうげ》」を準備しながら、テレビの世界にすすんで関わって行かれた。大阪のＡＢＣ、名古屋のＣＢＣ、東京のＴＢＳと、脚本を書き、演出もなさった。私はその口述筆記と、演出助手として出向社員のような形で、木下さんのお供《とも》をした。テレビドラマの現場を次々と体験し、少くとも当時の映画界よりは、作り手に自由があると感じた。お前も一作書いてみろ、といわれて、三十分四回の「まだ寒い春」という脚本を書いた。久我美子、石坂浩二、三益愛子というような結構贅沢《ぜいたく》なキャストで放映された。

映画「香華」が私にとっても松竹での最後の仕事になった。七年間で退職金七万円。テレビドラマのライターで生きることに決めていた。丁度三十歳であった。

（一九九二年）

映画とテレビのあいだ

映画が出来上るまでには、編集という大仕事がある。ばらばらに撮《と》ったフィルムを、どういう順序で、どのようにつないで行くかで、作品の出来は、かなり左右されてしまう。

俳優が一方を見ているフィルムの次に、山の遠景を撮ったフィルムをつなげば、多くの場合観客は、その俳優が山を見ていると思う。海のフィルムをつなげば、海を見ているように感じる。

簡単にいえば、それが編集だが、実際の作業は、かなり粗《あら》っぽい演出の三流映画であっても、職人的こだわりによって、綿密をきわめるのである。

俳優が目を伏せていて、目をあげる。それは一瞬のことだが、あげきってしまう前にカットするか、あげきってカットするか、更に、あげきったあと一秒の四分の一ほど残すか、そのような選択をワン・カットごとにして行くのが、フィルム編集の仕事であり、名編集者といわれる人の仕事は、傍《そば》で見ていると、惚《ほ》れ惚《ぼ》れするようなものであった。

私は映画の助監督稼業を七年やったが、ふりかえると編集担当の助監督の時期が一番長かった。

それは、撮影をしている時、絶えず監督とカメラの傍にいて、どのようなカットを撮ったか、それは何秒ぐらいの長さか、失敗して何回やり直したか、何回目のを監督はいいと思ったか（必ずしも終りのフィルムをいいとは思わず、何回も同じ演技を撮り、「終りから三番目のを使おう」などということは、よくあることなのである）、その他もろもろを記録しておき、編集者がそれをつないで行く時に立合い、監督はどういうつもりでこのカットを撮ったか——たとえば、五、六人がうつっているフィルムのややピンボケの右端の男が、フィルムの終りがけにうっかりつまずいているが、監督はそれを「いい味」と思っているから捨てないで下さい、というように、演出の代弁をする役目であった。

しかし、当然ながら、将来監督になろうと志している助監督たちは、ただの代弁者となることをいさぎよしとせず、監督はなにもいっていないにもかかわらず、「えー、監督は断固そういってました」などといい張って、自分のそのフィルムに対する見解、センスを押し通そうとする。

編集者もさるもので、一緒に夜食を食べている時などに「ああ、シーン65のカット

8だったかの笠（智衆）さんね、台詞《せりふ》いいきってから、ちょっとうなずいてるけど、あれ、いらないね」などという。

　とっさに、どのカットだか分らず、しかし笠さんが「そうだねィ。やっぱり、あいつは、嫁に行かにゃあいかんねィ」などといって、うなずくことはありそうに思え、「いえ、あのうなずきはいります。ああいううなずきをカットしてしまっては、笠さんの味は八〇パーセントなくなってしまいます。監督もあのうなずきは捨てないようにと断固いってました」などとこたえて、編集室へ戻ると、「あ、ここうなずいてないじゃない」とフィルムを見て編集者がいうのである。「うなずいてないのに、監督はどうして、うなずきを残せといったのかなあ、太一ちゃん」「どうしてかなあ」すると編集の助手さん達まで「いいのかねえ、助監督がそういうことで」などと、からかうのであった。

　したがって、そういうスキをつくるまいとするのだが、「ここ、何コマかはずしてみようか?」などといわれる。何コマなどというのは、目にもとまらぬ短さだが（二十四コマで一秒である）、何カ所か、ちょいちょいと数コマはずすことによって、ややたるんだ動きが緊《し》まって来ることもあるのである。で、そういう質問には、すぐこたえる。「はい、じゃあ六コマ」などという。

　はずしたあとのフィルムを見せられる。「どう?」「いいですねえ。やっぱり六コマぐらいだと、演《や》った俳優さんも気がつきませんねえ。それで随分動きがなめらかになったもんなあ」「うん。さからって悪いけど、二十コマずつ抜いてみたんだけどね」などという。助手共も、悪魔のごとく「ヒッヒッヒッ」と喜ぶ。

余談だが、こうした役割りを助監督がやっているのは、おそらく世界中で松竹大船撮影所だけであり、他の映画会社は、スクリプター・ガールという女性の専門職が行っている。松竹では、将来監督になる者が、編集に深く関わらないでどうするか、という経営者の見識で、助監督の一人が受け持っていたのである。

いまは助監督を経て監督になるというルートさえ、無意味なことと疑われている時代であり、私もそれにうなずくところもあり、そんな経験を過大に考えはしないが、面白い仕事ではあった。頭をつっこむと、溺《おぼ》れるようなところのある、微妙で複雑な喜びのある仕事であった。

私は、そうした世界から、テレビドラマのシナリオを書く仕事に移った。

それは、まったく別の世界であった。助監督とシナリオライターの仕事が違うというっているのではない。その違いは勿論《もちろん》だが私がおどろいたのは、映画とテレビの違いである。

映画では、たとえば一人の男が玄関のドアをあけて、「こんにちは」といい、奥から一人の女が現れて「いらっしゃい」というシーンを撮る時、まずカメラを玄関に向け、男だけを撮る。男は監督の指示に従い、何度もドアをあけては「こんにちは」とくりかえして練習をさせられ、注文をつけられ、その上で本番を撮られる。その間、女性は俳優部屋でころがっていたり、セットの隅で、お茶をのんで待っている。

そして男性が終ると、カメラは、玄関におりて、いままで男性が立っていたあたりに位置して奥を見る。女性が現れ「いらっしゃい」と練習をくりかえし、監督がああだこうだといって、本番となる。

くどいようだが、その二カットのフィルムは現像所を経て、編集者のもとにとどけられ、「こんにちは」といったあと一呼吸残すか、すぐ返事がなく三呼吸ぐらい残すか、それとも「こんにちは」といい終らないうちに、次の女性のフィルムにつないで、すかさず「いらっしゃい」と女性が現れるようにしようか、と議論がなされ、五コマ六コマにこだわって、いろいろ試したあげくに完成品となる。

ところが、テレビでは、同時に三台ないし四台のカメラが各方向を狙い、「こんにちは」「いらっしゃい」を続けて撮ってしまうのはもとより、男が上へあがり、女と共に居間に来て、絨毯《じゅうたん》の端にちょっとつまずこうと、多少台詞を間違えようと、どんどん芝居は続けられ、挨拶《あいさつ》を終え、お茶が出て、笑ったり、しゃべったりして、その間に電話がかかって、女が出ている間に、いつの間にか男が女の背後に近づき、女が電話を切って、はっとふり向くと、抱きすくめ「いけないわ」と女がいい、男は台本では「ものもいわずに」と書いてあるのに「奥さん——」などとうめくようにいって唇を奪い、両者畳に倒れこんだりするところまで、一気に撮ってしまうのである。

これは、実に新鮮であった。

映画なら編集の段階でどんどん切り捨ててしまう動きやとちりが、全部残されて、一つのシーンが出来上っているのである。映画は、そのシーンの目的に向って、いわば純粋に邁進《まいしん》する。したがって、その目的にそぐわない動きや物音や偶然などは、ためらいなく切り捨ててしまう。

しかし、テレビドラマのワン・シーンは、実に余分なもの、下手なもの、はぶきたいような日常的な動作が全部切り捨てられないで、詰めこまれているのである。つまり映画ほど、演出や編集が、そのシーンを管理出来ずにいる。

それは、映画の基準からいえば、未完成であり、粗っぽいことだが、そのために、映画が捉《とら》えることの出来なかった現実感を獲得しているのである。

座蒲団《ざぶとん》を敷こうとして、ちょっとよろけて、片手を畳につく。そういうシーンが映画にあったとすれば、それはそのように演技しているのであり、カメラも演出も、それが効果的に見えるように、さり気なく見せつつも構えている。

しかし、テレビドラマの場合は、人物描写とも、そのシーンの効果とも無縁に、俳優さんが「本当に」よろけたのを、そのまま撮って、はぶかない。

それは、テレビがなければ、捉えられなかった現実感であり、そういう余分なものがいっぱいちりばめられた「粗っぽい」ドラマの持つ親近感現実感に比べると、多くの映画の持つ現実描写は、青くさい抽象描写に思えるのだった。

そして、その粗っぽさこそが、テレビの特性であり、素晴らしさだと思った。

ところが技術の発達により、この頃はテレビもかなり細《こま》かな編集を行うようになり、段々映画に近づいて行くのである。プロデューサーのドラマツルギーも、どんどん映画に近づいて行く。しかし、その方向に進む限り、映画には到底かなわないのだ。

テレビの特性を見直し、もう一度粗っぽくならなければならない、と思うのだが、周囲はどんどん洗練され、映画のイミテーション的な企画ばかりが、実現して行く。それが当今のテレビドラマをつまらなくしている第一の原因であると、おのれの非才は棚にあげて、片隅で歎いているのだが——。

（一九八〇年）

テレビ暮し

テレビのライターをしていると、実によく何故《なぜ》小説を書かないのかといわれる。お世辞のつもりの人もいる。あなたは小説も書ける人だと思うのに、何故テレビドラマなどという下らないものを書いているのか、というニュアンスである。

私には、ジャンルによってはじめから価値の高低が定《き》まっているかのようなこうしたいい方は滑稽《こっけい》に思えるのだが、現実には滑稽どころのさわぎではなく、ほとんど本気でそう思っている人ばかりといってもいい。

しかし、映画にだって下らない作品もあればいい作品もあり、小説だって同じだし、テレビドラマだって同じだと思う。勿論《もちろん》、現実に「いい作品」がテレビドラマに少なく、小説や映画に多いのは事実だが、それは歴史の長短、それにたずさわる人間の優劣のせいであって、ジャンルのせいではない。

東大を出ているから優秀で、私立の三流大学を出ているから駄目な人間だとはじめから決めてかかるのと同断で、不正確な偏見だと思う。

過日も、ある映画のシナリオ雑誌に、どんな下らない映画でも、テレビドラマよりはましだ、ということを書いているシナリオライターがいて（だからテレビドラマのシナリオをその雑誌にのせるな、という主旨だった）こういう人が、どんな下らない日本人でも東南アジア人より優秀だなどと思っている人間なのだろう、とうそ寒い思いをした。そう、小説と同じく、お世辞のつもりで、何故映画を書かないのか、芝居を書かないのかといってくれる人も多いのだ。

勿論それを偏見といいつのり反撥《はんぱつ》ばかりするつもりはない。そのように思わしめているのは、現実のテレビドラマのレベルの低さなのだから、私の責任もないとはいえない。

しかし、「もっといいテレビドラマを書け」といういい方をする人はめったになく、小説や映画や戯曲を書いた方がいいというようにいう人が圧倒的に多いのは「ましなテレビドラマ」を書こうとしている人間にとっては〈情けないこと〉なのである。

一生懸命書いたって一晩で消えてしまう。むなしいと思わないんですか、という人も多い。小説ならずっと残る。枯渇しても、かつての作品の印税で食べていける。テレビドラマなんておやめなさい。という人もいる。

しかし、小説がずっと残るのは、紙に印刷したものだから残っているにすぎなく、本気で再読する人は皆無という作品が多いのだし、印税で老後が保証される作家などというのは、それほど多くないのではないだろうか?

ただ、まあ、そういう事をいわれると、ああ、ほんとに一晩で消えちゃうんだよなあ、と溜息《ためいき》が出る時がないとはいえない。一、二年もたつと「そんなテレビドラマありましたかね」ということになり、人々の記憶からも消えてしまう。

それが情けないといえば情けない、とある所でつい愚痴めいてこぼしたら、同席の有馬稲子さんに、なにいってるの、それじゃあ舞台俳優はどうなるの? と叱《しか》られた。どんなに美しく、どんなに見事に演じても、見てくれる人はせいぜい何千人。少なければ百人足らず。しかも、そのような美しさ見事さを発揮出来る期間は短く、肉体的条件は抗《あらが》いがたい。あとで「あの時は素晴らしかったんだ」といくらいっても、見ていない人には憐《あわ》れまれるだけである。

それでも一晩一晩に打ち込んでいる。そんな舞台俳優に比べれば、テレビは再放送はあるし、見てくれる人数はケタ違いだし、愚痴をこぼすなど、はずかしいと思わなければならないといわれ、一言もなかった。

残ることに執するなど、グロテスクなことなのかもしれない。舞台俳優に比べれば、テレビドラマはグロテスクなほど「残っている」。

もっと一瞬の燃焼でいいのではないか。どこかで「残そう」という欲があるために、自分のドラマは、テレビを生かしきれずにいるのではないか。小説や映画などという「残る」仕事とは全くちがうジャンルであることをもっと自覚すべきではないか。

有馬さんが「はかなさ」を知りつつ、舞台からはなれられないように、私も「むなしさ」を知りつつテレビドラマをはなれられない。信じがたいと思う人もいるだろうが、その魅力から、はなれられない。

スポンサーがなんとかいい、俳優がいい、ディレクターがいい、その中でヒーヒーとドラマを書いて行くことに喜びを感じるというのは、多少私はマゾなのかもしれない。


（一九七八年）

ボツ

ドラマライターになって十九年もたつと、「ボツ」になった作品が、結構ある。テレビ局から使えないといいわたされた作品である。一昨年も一本二時間ドラマでそういうことがあって、書けば金になるというものではないのである。それは必ずしも作品の出来が悪いというのではなく、テレビ局の商法に合わないという場合が多いから恥じてもいないが、収入を生じなかったのだからこの旅行の費用は取材費とは認めないなどと税務署からいわれたりして、愉快な思いというわけにはいかない。

そういう時私は、強引にその体験を意識下に沈めてしまうのである。つまり忘れてしまう。自己催眠にかけても、そんな事はなかったのだと思ってしまう。すると結構そんな気になるのである。血液型がB型のせいねと家内はいうが、一種の気の弱さかもしれない。本当に忘れてはいない。

一回一時間の連続ドラマを七回まで書いて（こっちが張り切りすぎて早く書いたのが悪いのだが）キャンセルをくったことをどうして忘れられるだろうか（もっともこ

の時は、全額金を払って貰《もら》ったが、金を貰えばいいというものではない）。半月で書けた一本だとしても、忘れ切ることは出来ない、と思っていた。

ところが先日、思いもかけない話を聞いたのである。

ＴＢＳに酒井誠さんという演出家がいらっしゃって、私は一本だけテレビの世界へ足を踏み入れたころ演出をしていただいた。

そのうち酒井さんはドラマをはなれ、ＴＢＳへ行ってもなかなか逢《あ》えず、十四、五年逢わないというようなことになっていた。

数日前、渋谷でばったり逢ったのである。レーザーディスクの取締役になっていらっしゃった。

「あなたの原稿を三本あずかったままになってってねえ」といわれた。

全く覚えがなかった。

「ＮＨＫでボツになったものやなんかね」そういわれても思い出さない。

「たとえば、その中の一本は、どんなストーリーですか？」と聞いた。心のはなれた夫婦が、子どもが成長するまで仲の良い両親を演じ、ある日成長した子ども達に事情を話して静かに別れるという短編だという。

暗すぎるとボツになったそうである。多分ＴＢＳでなんとかならないかと泣きついたのだろうが、なんともならなかったのである。

「どうもボツというような嫌《いや》なことは忘れちまうタチなんで」というと「忘れすぎだよ」と笑われたが、ノイローゼにもならずなんとかライターをやっていられるのは、健忘症のおかげかもしれない。いまはその三本を返して貰って、その一本ぐらい商品にならないかと、不労所得（?）の計算をしているのだが。

（一九八四年）

父親の目

シナリオ・ライターの田向正健《たむかいせいけん》さん（「雲のじゅうたん」「優しい時代」などの作者）が「あなた、お父さんが亡《な》くなったら、書くものが変ったなあ」というのである。

思いがけなかった。考えてもいなかったのである。父は四年前に亡くなっている。「どう変った？」というと「猥雑《わいざつ》になった」という。「人妻の浮気なんて、その前は書かなかったじゃないの」

そういえば、そうなのである。父の死後に書いたドラマは、娘が強姦されたり、人妻が浮気をする話なのである（「岸辺のアルバム」）。そういうものは、たしかにその前には、書いていない。

「それに説教くさくなった」と田向さんはいう。「あ」と思う。意識しなかったが、たしかに登場人物が「人生とはこういうものだ」などと、もっともらしいことをいう作品（「男たちの旅路」というドラマでは、鶴田浩二さんの五十男が、男は仕事を律義に守るだけでは駄目だ、仕事からはみ出すところがなければならない、などと、威《い》張《ば》って若い者に説教をしてしまうのである）を書いているのである。

「なるほどねえ」とビールをのみながら、私は溜息《ためいき》をついた。「どこかで、親父《おやじ》が見ているという気持があったのかなあ」

事実、父は私のドラマをよく見ていてくれた。新しい番組がはじまると、葉書をくれたりした。お前のような奴の書いたドラマに、よく天下の美女である栗原小巻さんが出演して下さるものだ、と半ば信じられないような気持でいるらしかった。私は、父の子どもの中でも、世間を知らない、物を知らない、生活能力に乏しい子どもの筆頭であったので、そういう子どもが書いたドラマがテレビから流れることに、空怖《そらおそ》ろしいような、世間をだましているような気持があったのではないか、と思う。「みっともないものを書くなよ」というような願いが、父の葉書には、それとなく、いつもこめられていた。

しかしそれは、人妻の情事を書くな、とか強姦シーンを書くな、というような意味ではなく、作品として下らないものを書くな、というように私は受けとっていたし、父もそうだったろう、と思う。父の目を意識して、作品が嘘《うそ》っぽくキレイキレイになることなど、最低のことだと思っていた。それにもかかわらず、私はどうやら父の目を意識して、題材を選んでいたらしいのである。

「実をいうと、ぼくにも、そういうところがあってね」と田向さんがいう。田向さんのお父さんは御健在である。「どうも、えげつないセックスシーンなどを書きにくいんだな」という。「親父が見てると思うと、照れくさくて仕様がない」

お父さんは、なにもおっしゃらないという。黙っているが、その目を意識してしまう。「村上龍なんて、その点については、えらいと思うな。御両親が元気で、読んでるわけでしょう。それを承知で、セックスシーンをエンエンと書いている」

そんな事は当り前ではないか、というのが、これまでの私の持論だったのである。物を書く人間が、親の目を意識して、筆を和《やわ》らげていては仕様がない。そう思っていた。ところが、無意識に、私も父の目の影響を受けていたようなのである。

父は、実にいろいろな苦労をして、一生を終えた人である。明治生まれのたくましさを、私は事ごとに感じ、自分の体験の浅さ、人間を見る目の軽さを、父と逢《あ》うごとに感じていた。

すると、やはり「人生はこうだ」とか「人間はこうあるべきじゃないのか」というような、きいた風なことは、ドラマに書けないのである。「なにをいってる」と父が苦笑するのではないか、という気持が、どこかにあったのである。亡くなって、書くようになったらしいのだ。

しかし、ほんの数日前、田向さんに、そういわれるまで、私はそんなことは、考えてもいなかった。いわれて、父親の重さを改めて感じている。親というものの力は、よくも悪くも、こんなに大きいものか、とおどろいている。子どもに対して影響力を持とうなどと少しも考えていなかった私の父にして、この影響力である。

親というものは怖いものだ、と、いまは三人の親になっている自分について、ふりかえる思いでいる。

（一九七九年）

モーターの音

長い間始末出来ぬままにいるシーンがある。眠れない男が、夜中にダイニングキッチンにいるのである。椅子《いす》にかけている。静かである。動かない。すると冷蔵庫のモーターが低くかかるのである。男は動かない。ただ、その音を聞いている。

小説なら、このような状態を描写するのは多分なんでもないだろう。映画でもなんとかなるかもしれない。ところがテレビドラマでやろうとすると至難のことになってしまう。

動かない男を撮《と》ることは出来る。しかし、モーターが低くかかるというのは、どうしたらいいか？　低い音を効果として使うことは極めてむずかしい。家々のテレビによって音量はまちまちである。ある家では、そのモーターの音は聞こえない。ある家では聞こえているが効果としては伝わらない。

まさか冷蔵庫のアップを撮るわけにもいかない。撮ったとしてもなんのことか分らない。といって「静かだった。冷蔵庫のモーターのかかる音が、どきりとするほど大きく聞こえた」などとナレーションを入れるほどの大げさなことではない。夜更けにぽつんと起きている男の映像に、さり気なく聞こえて来るからいいのであって、強調したらぶちこわしである。

ことほど左様に、あるメディアでは容易なことが、別のメディアを通すと相当にむずかしいことになってしまう。だから、テレビで放送される劇映画は、映画館で見るものとは、多分私たちが思っている以上に別物なのである。

（一九八四年）

性格描写の行方

〔性格描写についての講義を求められて〕

おそい夜の電車で、ゆっくり美女が立ち上がる。コートをぬぐ、スカーフをとる、ワンピースのファスナーをおろす。スリップもぬぐ、ブラジャーもとる、パンティもおろす。気がついた人は目がはなせない。だれもがちょっと声が出ない。女は周囲を見まわして微笑し、よどみない動作にくわれてだれもがちょっとゆっくり歩いていく。途中でよろけて老人の膝《ひざ》へゆたかな裸の尻をのっけてしまう。老人は笑っているのか怒っているのかわからない声をあげ、その尻を邪慳《じゃけん》に押しやる。女はそんな老人の反応には見向きもせず青年ふたりに近づいて前の吊り革に両手でつかまる。「まいったな」とひとりの青年は目のやり場に困ってひきつって笑っている。もうひとりもむりやり笑顔をつくって「どっかにテレビカメラがあるんじゃないの?」と余裕をつくろうとする。女は中年夫婦の前へうつる。亭主の目の前に乳房をむっと近づける。細君は「怒らないの？　パパ。怒りなさいよ、つきとばしてやりなさいよ」という。亭主は、つきとばしたければ自分がやればいいだろうと思い、なんという白い大きなオッパイなのだと思い、しかし体面もあるからなんとかしなければとも思い……。

こんな設定は冗談にしても、複数の（それも七、八人以上の）登場人物をひとつの災難（？）にあわせて、それぞれの反応をどこまで描くかというような課題は、シナリオライターの闘争本能をかきたてずにはおきません。もちろん、人間観、観察眼、ユーモア、ふところの深さ、センス、技術などなどじつに多くのことをためされるのですから怖くもあるが、こうした設定に挑むことは、ライターの楽しみのひとつだといっても異論はすくないでしょう。

ここで力を発揮するのは、ストーリーテリングのうまさよりは、（私にあたえられた課題である）「性格描写」のうまさであります。

たとえば、レジナルド・ローズの脚本に「十二人の怒れる男」という作品があります。裁判所のせまいひと部屋だけを舞台に、ひとりの少年の有罪無罪を陪審員十二人が、一時間半にわたって争うというドラマで、ご存じのかたも多いでしょう。

私はある場所で、十数人の若いテレビライター志望の人たちに「なにか役に立つ」話をせざるをえないはめにおちいったとき、私のような「無意識作家」——余談になりますが、方法論が確立していて作品の成立に意識的な部分が比較的多い、いうなれば知的な作家の場合とはちがい、私は知的たらんと志しながら無意識の力に支配されて作品を書くことが多く、またそのほうがライターはいいのだと思わないでもなく、ですからこの文章も性格描写についての系統だった論理を展開することにはならないということを弁解がてらおことわりしておきます――のとりとめない話よりレジナルド・ローズの脚本をみんなで読んだほうがずっと役に立つからと、コピーをとり、さいわいだいたい人数が合いましたので、十二人に役をふりあてて「本読み」のようなことをいたしました。

するると、脚本の用意周到さが若い人たちにもじつによくわかる。やたらにしゃべる役もあれば、ほとんどしゃべらない役もある。ずっとしゃべらなかった田中君の声がとつぜん聞こえると、「あ」とみんな思う。坐《すわ》っている位置や、立ち上がったり便所へ行ったりする動きのうまさに感心する。読みながら「うまいなあ」と溜息《ためいき》をついた青年がいましたが、私もあらためていろいろ教えられることがありました。

「たしかに放送作家のわびしい自慢話半分の講義をきくよりずっとよかった」などといやみなほめられ方をして、彼らとそのあと「養老乃瀧」へ飲みに行ったのですが、ひとりの娘さんが酔っぱらって「なんかちがうんだなあ。なんかかっこよすぎるんだなあ」と名脚本にケチをつけはじめたのです。

どことなくアンケートによどみなく答えている人を見ているような気がするというのです。

その脚本には、各登場人物についてのかんたんな性格設定が書きそえられていました。たとえば「声が大きく、見せかけだけ愛想のいい男。すぐ癇癪《かんしゃく》を起こし、知らないことに対してもすぐ意見を決めてしまう」とか「他人の意見にすぐ同調し、考えたことをすぐ口にする。人間に対するほんとうの理解はない。浅薄な俗物だが、いい人間になろうと努力はしている」とか、明晰《めいせき》な説明がついていたのです。

「それを結局逸脱しないのよねえ」と娘さんはいうのです。逸脱しないから、ひとりひとりの印象はあざやかで、対立もはっきりしているし、ドラマとしての活気もある。「でも、どっかアンケートの大ざっぱさみたいなものを感じちゃうのよねえ」というのです。なるほどアンケートには、ときどきとほうにくれるような質問と答えが用意されていることがあります。「あなたは妻に愛されていますか?」はい、いいえ、どちらともいえない、などという質問に丸をつけなければならないときの複雑な思いは、だれしも経験があるでしょう。もちろんレジナルド・ローズの人物設定は、アンケートよりはるかに複雑です。「でも結局役割り主義なんじゃないかしら?　役割りを人物が逸脱しないという点では、善人は善人、悪人は悪人を逸脱しない勧善懲悪ドラマと質的には変わらないのじゃないかしら?」というのです。

そうじゃないんじゃないかな、と議論に弱い私は、少々オタオタしながらアメリカの名脚本家の弁護をしました。たしかに現実の人間は、もっと曖昧《あいまい》で複雑かもしれない。しかしドラマは、その曖昧で複雑な人間の本質をさししめそうとしているのだ。ハムレットが日常出会う人間のように曖昧で不鮮明ではドラマは成立しない。ドラマは日常生活では一見かくされている対立や本質を、フィクションの世界をとおして眼前させるためのものなのだから（それだけではないけれど）こまかなディテールが現実より単純化されていることに文句をいってもしかたがない。人物が典型たりえておらず類型にすぎないという非難ならわかるが、タイプを逸脱していない、日常出会う人物のように曖昧ではないという非難をフィクションに向けるのは、見当ちがいなのではないか。ざっとそんなようなことをいって反論としたわけです。

ところが若い人たちは娘さんのほうに傾いてしまったのです。さっき「うまいなあ」と溜息をついた青年も「うまいけど嘘《うそ》っぽいとは思っていた」というのです。溜息は「よくつくったなあ」という意味で、これからのドラマはあんなつくりものではいけないのではないか、というのです。

では、どんなドラマがいいのか、と聞くと「自分を棚に上げていえばですね」とはじらいながらも「全体にもっとぐじゃぐじゃしていて、各人物の役割りも曖昧で、思いがけない人が急にいいことをしたり、別の人がとつぜん悪いことをしたり、結末もはっきりした結着などがなくて、なんとなく人生がつづいていくというようなドラマがリアルだと思う」というようなことをいうのです。

つまり、ある人物が鮮明な人物像を結ぶと嘘のような気がしてしまうらしい。性格描写があざやかになされたりするとつくりものを感じてしまう。いわんやひとりの人物が観念的役割りなどを背負って登場したら「嘘っぽくてかなわない」というようなところがあるらしいのです。

たしかにレジナルド・ローズに関していえば、私も「嘘っぽい」気がしないでもない。読みながら、アンドレ・ジイドがルナールについていった言葉が頭をかすめたりしました。それは、ルナールの「幸福なだけではたりない。さらに、他人が幸福でないことが必要だ」という言葉を、ジイドが（娘さんの言葉を借りれば）嘘っぽいといっているのです。一見自分の心の恥部を誠実に吐露したかに見えるが、どうもこれは事実ではない。そんなにルナールは「他人の不幸」を必要としたであろうかというような文章なのですが、レジナルド・ローズのドラマには、ちょっとそういうところがある。人間の悪、社会の悪をさししめしたいという意欲がさかんなあまり、現実が見えなくなっているところがある。

しかし、それは作品の欠点であって方法の欠点ではない。典型的人物を描きだして、彼らの対立がドラマになっていくという方法にまちがいがあるとは思えない。人物も曖昧、対立も曖昧、善も悪も事故のように起こるというのでは、そりゃあほんとうらしいかもしれないけれど、それ以上のなにものも創らないではないか。フィクションをつくる意味がないではないか、とまあ私がさらに反論をしますと、この節の若いもんは、それでも対立しようなどという気持はなく「そういえばそうかもしれないなあ」とみごとにしらけて、尻つぼみになってしまいました。そうなると私のほうがおちつかない。なにかおれは古めかしいことをわめきちらしていたのではないか、という気になってきました。

ひとりで帰る途で、考えれば性格描写などというものもある時代の産物にちがいない、きめこまかな性格描写などを必要としない時代が来てもふしぎはない、そんなことを考えはじめると、しだいに若い人たちの考え方のほうが正確なのだろうか、という気がしてきたのです。

心理学者の相場均《ひとし》さんの著書で、シェークスピアの時代には、人間の性格というものにどの程度の認識があったか、ということについて読んだことがあります。「ジュリアス・シーザー」からの引用があるのですが、そのなかでシーザーは「わしのそばには頭の禿《は》げた、しかも夜となればぐっすり眠る、肉づきのよい男どもをひかえさせよ」といっているのです。つまりそういう人間は安全だという認識です。「痩《や》せて鋭い眼をした男は素質的に陰険で、陰謀をめぐらす男であり、肥《ふと》ってにこにこして禿げ頭を光らしている男は好人物で、けっして裏切りをしない」ときめていたのです。つまりそれで用がたりていた時代ということであり、近代になればそうはいきません。

家族単位、村落単位の対立より、個と個の対立が人間の主要な深刻な問題となってくれば、他人への関心が高くなるのは当然であり、もはやふとっているからいい人だなどという認識ではまにあわなくなりました。性格描写などというものに、作家たちがきめこまかさを競ったのも、そうした時代の要求があったからでしょう。

いま若い人たちが、性格描写の鮮明さより曖昧さにリアリティを感じ、個と個の対立も鋭く見せられると嘘を感じてしまうというのは、なにか時代の変質があるのではないか、そんなふうに思えてきたのです。裸の美女を前にした登場人物それぞれの性格描写などにうつつをぬかしていると、時代からとり残されてしまうのではないか、と不安にかられてきたのです。

考えてみれば当節青年たちは、妙におとなしく、個性を競いあうというより流行に敏感、無抵抗という気がしないでもない。だれかと鋭く対立するということもなく、相手の現実かまわずわめきちらすか、しらけてあきらめた顔をするかで、他者との対立に深刻に悩むということがないようにも思える。

彼らを深刻に悩ますものは、もはや他者ではなく、大学受験体制であったり、学歴社会であったり、組織であったり、都会や流行であったりしているのではないのか？そういう巨大なものと、ひとりひとりがじかに向きあっているというところがあるのではないか。そして、そういうどうにもならないような巨大な現実にくらべれば、ひとりの他者の悪などたかが知れている。むしろ、現在の日本では日常生活でひとりの青年をとりかこむ人びとは、好人物が多いのではないか。仮りに、ナチスドイツ下においては平然とアイヒマンたりえた人でも、いまの日本では、アイヒマンのもうひとつの顔である温厚で家族思いのセールスマンという側面しか青年に見せていないのではないか？

　そうだとすれば、他者に対する関心が薄れていくのもむりはなく、精緻をきわめた性格描写に対する欲求もそれほどではなくなるというものでしょう。それどころか、あまりこまかくうがった性格描写などをされると、むだな努力をしているという気持を抱いてしまうのでしょう。人物と人物、他者と他者との対立がドラマの基本要件というような時代がすぎようとしているのかもしれないと思えてくるのです。

　そしてあらたな対立、なにやら大きなものと個人との対立は、鮮明な像を結びにくく、だれが悪いのか、どこに犯人がいるのかが曖昧なままであることが多いのです。個人は多く被害者であるしかなく、しかもその被害も耳目をおどろかすというような明瞭なかたちを持たず、被害者でありながら加害者でもあったり恩恵をこうむっていたりで、これまた曖昧という場合がすくなくないのではないでしょうか？

私などは先輩に、個性のはっきりした人物を描け、といわれました。脇《わき》にいて、一言二言しかしゃべらない人物などを個性的に描き分けたりするとほめられ、似たような人物を出すと、これとこれとはつまりはやる役者がちがうからちがうだけではないか、などと非難されたものです。

しかし、いまや個性にこだわり、性格描写に腐心するなどということは時代おくれなのではないだろうか？　周囲を見ても、性格描写のしがいがあるような人物はすくなくなり、たまにいると、なにやら古めかしい人間に見えなくもないのです。つまりは顔がちがうからちがう人間という程度におたがいに似かよった人間たちが、それほど深刻に対立することもなく生きているというのが現状なのではないだろうか？

「こいつはどうやら性格描写がうまいなどという評判をねらったりしていると身の破滅かもしれないぞ。やっぱり若いやつとはつきあっておくもんだなあ。あぶないところだったなあ」と電車にゆられながらホッとしたりしたのです。

しかし寝床へ入ると「待てよ」という気になります。お先っ走りはテレビライターの常とはいえ、走りすぎてはいけない。

むかしから芝居や物語というものは、その時代の鏡であるとしても、そのままを映す鏡であるよりも、ネガティブな鏡であることが多かったのではなかったか？　戦争の時代には、あきれるほどやさしげな物語がもとめられ、平和であきあきするような時代に血みどろな殺戮《さつりく》の芝居が登場するということは、世の常といってもいいでしょう。とすれば、鮮明な性格がすくなくなり、各人の個性の差が曖昧になっている現代こそ鮮明な性格描写がもとめられているのではないだろうか?

「そうだ、きっとそうだ。ああ、またひとつ命びろいをしたぞ」と小心なテレビライターは、寝床のなかでホッと息をつきます。

しかし、それならなぜ鮮明な性格描写を誇るレジナルド・ローズを、青年たちが結局はついていけないといったのであろうか?

「それはつまりリアリズム志向の作品だったからではないのかなあ」とライターは考えます。彼は失われた個性をロマンティシズムゆたかに描いたのではなく、現に生きている人間をリアルに描きだそうとして、あの性格描写をしたのです。しかし、それはもはや微妙に現代とはずれていた。彼の性格描写に耐えるほど性格明瞭な人間たちは、もはや過去の人間であった。そんなことではないか、と思うのです。だから現在、あざやかな性格描写をねらうとすれば、それは現代からは失われたものを描いているのだという姿勢を持たなければならない。性格描写を観察でみがいていくという時代ではなくなってしまったのだなあとなにやら荒野を見ているような気がしてきたのでした。

とはいえ、テレビライターで生きていこうとするかぎり、そうそういつも「なつかしの個性」ドラマでいくわけにもいきません。

薄れたとはいえ個性がなくなってしまったわけではなく、不鮮明であるとはいえ性格もないわけではないとすれば、そこにドラマがないはずはないではないか、と新しい金脈をライターはもとめるのです。

生理的な性格というものがあります。精神医学研究所の分類によると、①内閉性気質、②同調性気質、③粘着性気質、④ヒステリー性性格、⑤神経質性性格という項目があるそうで、人間はそれら素質としての性格から宿命的といっていいほど逃れられないそうです。とすれば、それら素質としての性格同士の対立というものがあってもおかしくないはずだが、ヒステリー性格の派手な男と、内閉的な気質の地味な男が、どういうものかウマが合って、しょっちゅうもめながら、対立しながら、ひとつの物語の世界をつくっていくというようなドラマは、どうも古めかしくニール・サイモンの「おかしな二人」というような傑作も基底にあるものは、古風な人情で、すぐれて現代的というわけにはいきません。

するとここに、さきほどあげた五つの性格気質に適する仕事の指針表のようなものがあり、たとえば「同調性格の人は、だれとでも比較的仲よくなれるから販売がいい」というようなことが書いてあるのです。

はじめてその表を見たときのぞっとするような気持を忘れられません。むろん表自体は、人間が生きていくためのアドバイスであり、すこしも異様ではないと一応いえるでしょう。しかし、だれもが自由に職業を選んでいる時代ではないということ、むしろ大半の人が自分の志とはちがう仕事をすることで日々を送っているということを背景にしてこの表を見ると、性格というもののドラマがいまどこで深刻な葛藤をつづけているかということが想像できるような気がするのです。

それは職業と性格の葛藤や対立では、おそらくないでしょう。職業に個体のほうが適応することは大前提であり、ドラマは、個人の内部での葛藤、つまり素質としての性格と、それをなんとかねじ伏せて職業に適応させようとする意志とのドラマなのではないでしょうか？　それは孤独で苦しいドラマであり、たとえば管理職にはまったくむいていない人間でも、現在の社会のなかでは管理職を志向せざるをえないというような心理的圧迫があり、さてなってみると苦痛以外のなにものでもない。ついには自殺をしてしまうというような人生は、見かけよりよほど多いのかもしれません。

性格描写もなんとも息苦しいことになったものですが、むろんこれが現代の性格描写の舞台であるなどときめつける気はさらさらなく、自省をこめて、性格描写というようなものも変質してきているのではないか、と心細いような気持で書きつづったにすぎません。

だいたいがこういったところでなにかを申上《もうしあ》げるような人間ではなく、ふだんはあまりゴタゴタものごとを考えたりするタイプではないのです。どんな人物を描くにせよ、その人物に愛情もしくは憎悪を持てないときは失敗する、というような、まともすぎて身も蓋《ふた》もないような思いこみをかかえて、日々口を糊《のり》しているのです。結局、性格描写についてどんないいことをいってみても、描く人物が生き生きしていなければ、ライターなどけし粒の値打ちもないのですから。

（一九七九年）

小さな夢

ＮＨＫの情報誌「ステラ」の前身「グラフＮＨＫ」の表紙に、はじめて自分のドラマのヒロインが笑っているのを見つけたときはうれしかった。一九七二（昭和四十七）年である。今のようにテレビ雑誌がたくさんある時代ではない。ほかには「週刊ＴＶガイド」ぐらいだったのではないだろうか。

そのヒロインは真木洋子《ひろこ》さんで、作品は朝の連続ドラマ「藍《あい》より青く」だった。

それがほとんどはじめてのＮＨＫの仕事で、つき合いのない若い脚本家にまるまる一年間（いまは半年だが、当時は一年間で三一二回だった）のドラマをまかせるのは、懐《ふところ》の深いことだと見直すような気持だった。

とはいえ当り前だがいきなりまかせてくれたわけではない。「実は」とプロデューサーのＯさんにいわれた。「ほかにベテラン脚本家二人が候補にあがっています。そのお二人にも頼んでいるのだが、どんなドラマを書きたいか、狙いとストーリーを書いてきて貰《もら》いたい」

オーケー、あした持って来ます、というと、そんなに慌《あわ》てなくてもいい、じっくり考えて、二週間ぐらいあとにくれればいい、といわれたが、とんでもないと思った。のんびりしていたらベテランの先輩に大仕事を取られてしまう。駆け出すように家へ戻って「遊ぶっていったくせにッ」と飛びかかってくる七歳と四歳の娘を蹴散《けち》らし、何かといつも無理もないもっともな非難をする女房からも逃げまくって、その日のうちに一二〇～一三〇枚も書いただろうか。

しかし翌日持って行くのではあまりに軽いと一日じりじり我慢して三日目に持って行くと、Oさんはちっとも意外な顔をせず「書きましたねえ、たくさん」とにこにこした。いまだに確めていないが、ベテラン二人というのは、嘘《うそ》だったのかもしれない。

会社は辞めたし、子どもは小さいし、とムキになっていたので、とうとう撮影がはじまり「グラフNHK」にヒロインが載って、随分ほっとした。

若い脚本家に会うと、その頃を思い出す。

ベテランに仕事を取られてなるものか、と武装するような気持だったことを。

今となれば、そんなに警戒しなくてもよかったのである。テレビ界は新しい才能には敏感で、いくらか能力があれば若い人が仕事を手にするのは、それほど難しいことではない。むしろベテランにこそ厳しい世界なのであった。

先日、あるテレビ局のプロデューサーと話をしていたら、今進めているドラマの脚本が、どうもうまくいかない、ここはしかたがない、大御所クラスに頼むしかないか、というのである。それは例えば誰あたりを、と聞いて驚いた。ほとんど私はまだ新人だと思っていた人の名前だったのである。

その人がもう「大御所」で、その名前が少し敬遠気味に語られるというのでは、脚本家は大変である。

他人事《ひとごと》ではないが、私はもう連続ドラマの激戦区で闘う人間ではない。その人が「大御所」なら私は「化石」である。「化石」を相手にじっくり仕事をしたい、という人もなんとかかいてくれるので、いくらか遠い戦争を見る思いでいられるのだが、脚本家も「一日にして成らず」である。俳優、タレントだってそうだ。やはりサイクルがあまりに早すぎるのではないだろうか。落ち着いて「物語」を「人物」を「俳優」を愛している暇がない。

一度、各テレビ局の社長が合意して、一年間、ドラマの視聴率は忘れる、といい出すのが私の夢である。各プロデューサーに、その代わり、自分がどうしてもつくりたいドラマをつくれ、という。それでもきっと視聴率は今と大して変らない。しかし、作品は格段に多様になり質も驚くほど高くなる。

というわけにはいきませんよね、とあるプロデューサーに話したら、その人は目を輝かせて「いきます」といった。ちょっと涙ぐんでいた、といきたいところだが、まあそういうわけにはいかないんだろうなあ、とは思うのだが——。

（一九九九年）

笠智衆さん

笠智衆さんほど敬愛する俳優さんはいない。

私は三つの作品（「沿線地図」「ながらえば」「夕暮れて」――その後「冬構え」「今朝の秋」「春までの祭」にも出ていただいたが）に出ていただいているが、はじめはお受け下さったと聞いても信じにくかった。小生が助監督として七年間勤務した松竹大船撮影所の大先輩であり、小津作品、木下作品の数々の名作中の人物たる笠さんが小生如《ごと》きの作品に出て下さるとは、というような無限におそれ入りたい気分になった。

新参の助監督のころ、ある正月映画に笠さんが出ていらっしゃって、出番待ちの笠さんを呼びに行ったことがあった。笠さんは佐分利信さんとステージの外の石油缶の焚火《たきび》にあたっていらっしゃって、それはもうお二人とも実に「絵」になっていて、声をかけてこわしてしまうのが嫌《いや》になった。

三年ほど前、二十分ほど笠さんと二人きりになってしまったことがある。地方局の応接室で、プロデューサーやディレクターがみんな用事で出て行ってしまったのである。

小生の方は、もう緊張してなにをいっていいか分らない。笠さんも、あまり黙っていては悪いというように言葉をさがしていらっしゃる。「えー」とおっしゃる。「はいッ」。こちらは点呼でも受けるような声になる。「今日は、なんとか、降らずに、すみそうで」「はいッ」「よかった」「はいッ」笠さんもお疲れになったようだが、小生はへとへとであった。笠さんについては、そのすごさをもっともっと書きたいのであるが。

（一九七九年）

遠い星の人——この女《ひと》に魅せられて

旧友寺山修司が八千草薫さんをものすごく好きで「いいね、あの唇」などといっていた。もう二十年ぐらい前じゃないか、と思う（ああなんと長いこと八千草さんは美人であり続けていることだろう。こういうのが本当の美人なので、十七、八だけ美しいなんていうのは、人をたぶらかすものだ）。

で、その頃、実はぼくも負けずに「ああ、いい唇、いいおでこ」と思っていたのであった。しかし「他《た》と異ならんとする情熱」に燃えていた頃で、人のあとから「オレも」などと讃美に加わるのをいさぎよしとしなかった（思えば若いというのは偏屈なものだ）。

そのうち彼が「年賀状出したら、返事が来たよ」といって葉書を見せるのである。「なんだ印刷じゃないか」と思ったが、当然のことながら宛名は印刷ではない。「この筆跡はきっとマネージャーだな。代筆だ。あのスターがじきじき筆を持つもんか」とケチをつけながら嫉妬《しっと》で胸が痛んだことであった。

それから幾星霜。ぼくもテレビ界で、ライターなんてものになって、するとぼくの台詞《せりふ》をいろいろな女優さんがおぼえて下さる。だから、八千草さんにおぼえていただくチャンスは、時折ないこともなかったけれど、ここまで待ったのだから、(勝手に待っていたのですが)通り一遍に「出演していただく」なんて事は嫌《いや》だった。大体、ぼくはそういうところがあって、いい俳優さんだなあ、と思うと、チャンスがあっても「いや、この役じゃ失礼じゃないかな。この役じゃ、あの人を生かしきれないな」などとやたらに慎重になって、全然お願いしないということになってしまう。そういう方が、何人もいるのだ(少なくとも三人はいる)。

で、その間は、彼女は仕方なく「前略おふくろ様」の女将《おかみ》さんや「ホンカン」夫人になって、ひたすらぼくを待っていた、というのならいいんですが、全然まったくそうじゃない。そうじゃないどころか、ぼくがこれこそ世界の映画スターの誰をもって来ても、ジャクリーン・ビセット、キャンディス・バーゲンが膝《ひざ》すり寄せて来ても、八千草さん以外はお断りと思ってお願いした「岸辺のアルバム」のヒロインを「いやだ」といっているというんです。プロデューサーがそういうんです。これは悲しかったな。「じゃ、あの、ぼくが、あの、直接お目にかかってお願いします」と電話の相手はプロデューサーなのに「ああ、じゃあ、もうじき、本当に、直接、じかに逢《あ》うのだ!」と思うと、すでにドキドキして「あの」がいっぱいに入る言い方になってしまったのであった。「しかし逢って目の前で断られたら、尚更みじめだなあ」と、それから逢うまでは、食も細り、ズボンを買い替えに行ったりした。

その日は雨でした。渋谷のホテルのコーヒーショップで待っていると、これが仲々来て下さらない。十分二十分と、時はドンドンすぎて行く。胸は不吉な思いでとざされ、もういいよ、いいよ、知らないから、などと口の中でブツブツ言って、プロデューサーが「そういう方じゃないんですよね。いつもぴたりと約束守る方なんですよ」というのを聞くと「ああ、ぼくばっかり差別して」などと更に首を深くたれてしまうのだった。

その人は、やっと来た。ゆったりした白いカーディガンで、小走りに「すみません」とたちまちぼくの目の前で、美しい指で、後れ毛をチラととと、、、、ととのえたりなさっているのであった。

あとは夢中である。とにかく、しゃべりにしゃべって、八千草さんは呆《あき》れたように黙って聞いてらっしゃって、とうとうご承諾いただいたのであった。

結果は期待通りの素晴らしさで、誰もが八千草さんを讃《ほ》めたたえた。ついでに、私まで讃められて、いい作品だなどといわれたけれど、ほんとは八千草さんがいいのである。八千草さんじゃなかったら、どうなっていたかわからない。

仕事を終るまでに四回ほどお目にかかった。しかし、なにしろ憧《あこが》れの人としゃべるのだから、どうも気軽に雑談というわけにいかない。仕事上の話だと、仕事だということがフィルターになって、ぺらぺらと行くのだが、それがすむとコチコチになってしまう。

だから、事が全部終って、赤坂のサパークラブで、スタッフ、キャスト全員のパーティがあった時が一番困った。

今までは「あそこは、こう言われたら、どうでしょうか?」などと言えたのだが、全部終ってしまっては、言う事がない。しかも隣に座っていらっしゃる。そしてバンドの演奏音がものすごく大きくて、隣以外の人とは怒鳴《どな》っても声が届かないのだ。隣の方としゃべらざるを得ない。それも怒鳴らなければならない(一体あの音の大きさは、誰のためなのだろう?)。

「音、うるさいですね」「え?」「あの音」「落としもの?」「いえ」などと、全然会話にもなにもならないうちに、お別れしてしまったのであった。

それでも時がたつうち「ああ、ようやくオレも八千草薫さんと一緒に仕事が出来たのだ」という喜びが、しみじみと湧《わ》いて来る。友人が来ると自慢する。

と、倉本聰さんが、八千草さんと一緒に北海道に土地を買ったという噂《うわさ》をきく。某プロデューサーが、来年の出演を口説きに口説いているときく。ああ、男どもが、名声と地位にものをいわせて、わが八千草さんに接近しておるなッ、その上、谷口千吉さんという素晴らしいご主人がいるとは！

憧れの人というものは、そういうものなのだろうか。仕事が終って、しばらくすると、またまた、とても手の届かない、遠い星の世界の人のように思えてきてしまうのである。

（一九七八年）

向田さんのこと

〔『眠る盃』について〕

「眠る盃《さかずき》」という短い文章は、昭和五十三年十月の東京新聞にのった。一読三歎《さんたん》してすぐ私は向田さんに電話した。その頃私は向田さんのエッセイを「発見」した気になっていた。「銀座百点」に連載していたエッセイが実に素晴しく、どうして人々の話題にならないのだろうと口惜《くや》しいような思いでいた。人の作品にそういう思いを抱くのは普通ではないが、半分わが身に重ねていたところがあったのである。テレビライターの書くものだから、とみんな本気で読もうとしていないのではないか、という気持があった。

ひがみは目を曇《くも》らせる。「銀座百点」が限られた土地の限られた人の目にしか触れない小冊子であることを、わざと考えなかった。いま思うとわれながら情けない狭量だが、それには多少向田さんのせいもあった。

その頃向田さんは、自分のシナリオなんてどんどん捨てちゃうわ、とよくいっていたのである。「とっとくなんてとんでもない。見たくもないの。終ったら、さっさと捨てちゃうの」そんな風に自分のテレビのシナリオについておっしゃっていた。

私はそれに反対であった。「寺内貫太郎一家」という向田さんのテレビドラマに心から敬服し、自分にはとても書けないと思い、あちこちで「すごいすごい」といっているうちに、ひき合せてくれる人がいて知り合ったのである。

するとそういうことをおっしゃるのである。

あんなすごい作品を「捨てちゃう」なんて自然ではないと思った。照れておっしゃってるだけかもしれない。あるいは、力をこめた作品も、そのよさを深く受けとめる人のあまりの少なさに、すねておっしゃっているのかもしれない。本気で「どうでもいい」と考えていらっしゃるはずはないとは思ったが、生意気にも私は反対を唱えた。

たしかにテレビドラマにおいては、演出家も俳優も、そして視聴者も、終ってしまうとまるで競争で忘れ去ろうとするようにそのドラマからはなれて行くが、ライターだけは離れてはいけないのではないか、ラングストン・ヒューズが、こづき回されて誰も鼻もひっかけない黒人の少年が「ぼくを重んぜよ」と胸の中でくりかえす詩を書いているけれど（いい年をして青くさい物言いをしたものだが）「私のドラマを重んぜよ」とライターだけはひそかにいっていなければいけないのではないか、脚本は大事にとっておかなければいけないのではないか、それがライターの退廃をくいとめる歯止めになるのではないか、などと五歳年上の先輩に、中学生みたいなことを申上《もうしあ》げたのであった。

「いいの、私は」と向田さんは苦笑するようにいわれ、話題をそらされた。それでも私は内心「寺内貫太郎一家」のような作品を書きながら「とっとく」とか「とっとかない」とかいうことが頭をかすめることさえ残念であり「とっとかなきゃいけない」に決まってるじゃないか、と思っていた。

そこへ「銀座百点」の連載エッセイである。毎号実に面白かった。これをしも向田さんは「どんどん捨てちゃうわ」などといっているのではないだろうな、と私は勝手にやきもきした。連載が終った。私の交際の範囲では、それを話題にする人はいなかった。そこへ「眠る盃」である。やっぱり素晴しい。向田さんのエッセイはすごい、と思った。電話で「御自分では気がついていらっしゃらないかもしれないけれど」などと思い出しても汗が出るような僭越《せんえつ》な口をきいて、せい一杯の讃辞を連らねた。「おかげさまでね」と向田さんはおっしゃった。「他にもちょっとほめて下さる方がいて、あんなの仕様がないと思うんだけど、「銀座百点」の連載、本になりますの」

それは何よりです、と私は喜んだ。やっぱりいるんですねえ、分ってる人は、などといった。間もなく連載エッセイは『父の詫び状』という本になって出た。贈っていただいて、すぐまた私は長文の手紙を書いた。連載中より、もっといい作品に思えた。これが評価されなかったら、世間というものは随分不公平なものだな、などと思った。それからひと月もたたないうちに、その本は、嵐のような讃辞に包まれていた。ほめない人はいないというような人気であった。勝手なもので私は、とり残されたような気分になった。もう私が電話をするまでもない。ひとり場末の酒場で昔の友人の成功をはるかに思っているというような按配《あんばい》になった。そんななかで、雑誌で読んだのが「中野のライオン」である。楽しくて電話をしたいが、どういうものかなどと思っていると向うからいただいた。私のテレビドラマをちゃんと見て下さっていて、いろいろいって下さるのである。私も元に戻って、長々と気楽に勝手なことをしゃべった。しゃべりながら、写真でも見たことがない、お父さんのワイシャツを仕立て直した白のブラウスに、黒いギャバジンのスカートの女子学生の頃の向田さんを、なぜか電話の向うに感じるのであった。

改めてこの『眠る盃』というエッセイ集を読み返すと、あざやかに向田さんの姿がよみがえる。よみがえるように、文章が書かれてある。キリリとした色気の、心配りこまやかな女性のあたたかさが、頁《ページ》を閉じた読者の胸にも、きっと長く残るに相違ない。哀惜《あいせき》の思いが、また溢《あふ》れてしまう。

（一九八二年）

五月の三日間

一九八八年五月某日

都内の小さなホテルにいる。

もう四日間誰とも口をきいていない。

新聞の連載小説を書いている。朝七時に起き、昼食の一時間は外に出て、あとまた六時まで机に向い、夕食を終えて更に二時間ほど費しているのだが、そのわりにはかどらない。難しい。書き直してばかりいる。

今夜は最終回の映画を見に行くことにする。日比谷のシャンテ・シネ2でヴィム・ヴェンダース「ベルリン・天使の詩《うた》」。

満員。通路をきょろきょろ歩くが一つもあいていない。切符売場には「座って御覧になれます」という札がかかっていたのである。しかし、その脇《わき》で若い男が「もうじき立見になります。お早く」とハンド・スピーカーでいっていた。その「もうじき」に丁度あたってしまったのである。

廊下の時間表を見に出ると、映画は二時間八分である。立っているのは大変だ。暗くなったら中央の階段状になっている通路に腰を下ろそうと思っていると、明るいうちにどんどん座りはじめる人がいるので、慌《あわ》てて私もその一隅を占拠する。はじまって三十分ほどすると私の横の椅子《いす》にかけている若い女性二人がぶつぶついいはじめる。「なにこれ？　天使の詩なんていっといて」とうんざりしている。ひどいタイトルだと思っていたのだが、そのタイトルに魅《ひ》かれて来た観客もいたのである。これだからお客さんは、分らない。天使が髪の薄くなった中年男ばかりで、だまされたような気がしているらしい。大きなあくびをする。そのうち二人して眠ってしまう。

背もたれがないので通路に座っているのもなかなか大変だ。腰と背中が痛くなってくる。眠ってるなら帰ってくれればいいのに、と思っていると、一時間半ほどのところでその通りになる。おかげで四十分ほどは座席で見られた。

終ってトイレで小便をしていると隣ではじめた青年が「席がなくて大変でしたね」という。知らない人なので「ええ。でもいい映画だったから」というと「山田さんの好きそうな映画だったなあ」という。

どうしてそう思うのかよく分らないけれど、たしかにとてもいい映画だったので「音楽もよかったねえ」と腰をふると「ほんとよかったですねえ」と彼も腰をふり「頑張《がんば》って下さい。ああいう映画をつくって下さい」とファスナーをあげて元気に出て行ってしまう。

表に出るが、なんだかすぐホテルの小さな部屋に帰りたくなくて、少し呑《の》むことにする。

映画の中の天使を気取りたい気分がある。

中年男の天使たちは、ベルリンの街中を歩き、あちこちで人々の内心の声を聞く。身を寄せ耳を傾けるが、人々は天使の存在に気がつかない。稀《まれ》に天使の思いが通じて、落胆から立直ろうとする人がいたりするが、大半の場合、なんの役にも立たない。ビルの屋上から身を投げようとしている男の背中を、かかえんばかりにして思いとどまらせようとするが、男はひょいととびおりてしまう。無力である。なまなましく人間と関わりたくなって天使であることをやめてしまう男の話なのだが、そうなる前の諦《あきら》めたような顔をして人々の声に耳を傾けるブルーノ・ガンツがなかなかいい。

それを模して日本の中年男は銀座裏の焼き鳥屋に入り、男たちの愚痴《ぐち》や気炎を聞くことにする。

ところがカウンターに腰掛け、酒が置かれると「どうぞ。ちょっと此処《ここ》へおひとりさますみません」という店員の大声に導かれて、女のひとり客が隣に座った。四十代半ばという感じの小柄な人で、灰色のスーツを着ている。

なんとなく場違いな印象で、座る時から馴《な》れないところへ来た気配があり「焼き鳥を下さい」という。店員はおしぼりを置いて「コースでしょうか？」とせわしない大声を出す。

「いえ、二本か三本でいいの」と女性の声が少し震える。「メニューをどうぞ」と店員は容赦《ようしゃ》のない大声でカウンターに置いてある「お品書き」という二つ折りの紙をひらいて行ってしまう。

女はそのメニューを手にすると動かなくなった。

腰かける時ひいた椅子をそのままにして掛けているから、私の斜め後ろにいることになり、露骨に首を回して見るわけにもいかず、背中を向けて呑んでいる。

「おきまりでしょうか？」とまた威勢のいい店員がやって来る。

「つくねともつと二本ずつ」と女はいう。

「おのみものは？」「お茶でいいの」「すいません。もうちょっとカウンターに近くお掛け下さい。後ろ通りますから」

それで女性は、私とほぼ並び、お茶が来てお茶をのみ、焼き鳥が来て焼き鳥を食べはじめる。お互いひとりだし、話しかけてもいいのだが、動きのひとつひとつに緊張していているような息苦しい感じがあり、下手《へた》に声をかけると怖がらせてしまうような気もして、黙って呑んでいた。

すると「ここから」と女が口をひらいた。「有楽町駅へ行くのは、どう行ったらいいですか?」

私に聞いているのだった。ほっとしたような気持で丁寧に教えると「東京は、はじめてなんです」という。

九州の「ある県の」老人ホームに勤めていて、全国から集まる研修に派遣されて来たのだそうである。

「今日が最後で、明日の朝帰るもので、一度ひとりで銀座を歩いてみようと思ったんです」

「一杯どうですか?」というと「はい」という。盃《さかずき》を貰《もら》って注ぐと、あっ気ないほどひらりとのんでしまう。また注ぐと、のんでしまう。

「ああ、ごめんなさい。私こういうとき気がつかなくて」と今度は私に注いでくれる。

亭主は「ある神社の」社務所に勤めていて、大学生と高校生の子どもがいて、というような話をする。「ある県」とか「ある神社」とかいうのが、妙に頭に残る。

それから女は、

「銀座でこれから遊ぶっていうのは、どういうふうですか?」ときく。

「さあ」

四十代の女性が、夜の十時すぎに銀座でどのようにして遊ぶのか、私にも見当がつかない。

「私――」と女の肩がはじめて私の肩にぶつかった。「今晩、眠らなくていいし、明日新幹線で眠って行けばいいから、今日は平気だし、みんなも東京で羽根のばして来いっていってくれたし、お金も多少あるし。東京はもうこれでいつ来るか分らないし、一生来ないかもしれないし」

言葉は正確ではないが、九州なまりで、ひとつひとつ念を押すように、そんなことをいい出した。「案内、してくれないですか?」

「ぼくは、遊びの方は駄目な人間で、ディスコなんかも知らないし」

「そういうとこはいいんです。そういうとこへ行きたいんじゃないのです」

時々ぶつかっていた女の肩が私の肩にくっついた。そのまま離れない。

分ったような気がするが、分らないふりをしていようかと迷う。では、どういうところへ行きたいんです? と聞くのもあんまりだし、考えながら「どうぞ」と酒をすめると、さらりとのんでしまう。また注ぐとまたさらりとである。

美しいというような人ではない。目尻《めじり》の皺《しわ》も目立つし、色も白くない。しかし、醜いということはなかった。薄化粧をしている。

ぐらりと今度は女の頭が私の肩にもたれてしまう。

「どこでもいいの」

新手の売春ということもあり得るがまさかね。芝居にしては凝りすぎているし、こんなにゴッゴッした手の娼婦はいないだろう。

「案内したいなあ」と私はいった。「でも、今日は残業でね。これから仕事場へ帰って少しやらなきゃいけない。つまらない片付けものだけど、明日の朝までにしとかなきゃならない」

女はしばらく動かずにいて、それからはなれた。

「帰った方がいいですよ。つまりませんよ、銀座なんか」

女はうなずいた。

「有楽町、途中まで行きましょう」

「分ると思うから」

醒《さ》めたような声になった。

勘定は女の分も私が払った。

「そんなつもりじゃないから」

「それはそうですよ。ちょっと銀座で得したと思って下さい」

表へ出ると「じゃあ」と女がいった。

「分るかな?」

「分ります」

御馳走《ごちそう》さまでした。すいませんでした、とごく普通の声でお辞儀をして、女は晴海《はるみ》通りへ向った。

「出て左です」

「はい――」

後姿がなんだか色っぽいような気がした。追いかけていって誘えばついてくるんだろうな、こういうこともあるのだな、と短く見送って、ホテルの方へ歩きはじめた。めったにしないことをするのに、相手があんなおばさんじゃあなあ、と思う。それから自分の現実に気がつく。四十半ばぐらいの女性をおばさんだなどといえる齢《とし》ではないことに、がっかりしてしまう。五十三なのだから。

五月某日

二時。六本木のテレビ朝日。夏に書くテレビドラマの配役の打ち合わせ。テーブルと椅子だけの小部屋で、局のプロデューサーと制作会社のプロデューサーとその補佐をする人と四人で資料を前にする。

資料というのは、日本の俳優、タレント、歌手が性別、年齢別に分類されている表で、十代後半、二十歳前後、二十四、五歳、三十前後というように名前と生まれた年が列記されている。こういう打ち合わせはすでに二度行っている。

一回目は私が物語の概略を話し、どういう役柄があるかを説明した。すでに想定している俳優さんについては固有名詞を口にする。それについての両プロデューサーの意見が出され、中心になる六人ほどの役について俳優の名前を書き出す。それぞれの第二候補も決めた。

二回目の打ち合わせの前に電話で、その半分が第二候補も含めて不成立と告げられる。とりわけ若い人気者は歌手も兼ねていて、TBSの「ザ・ベストテン」と同時間帯のこのドラマには出ないようにするというような配慮があり、うまくいかない。中には出るという返事もあるのだが、稽古《けいこ》の時間など頭から勘定になく、撮影をするための時間だけを、ある日、四時間、別の日に三時間あける、といわれてもグラビアを撮《と》るのではないのだから、受け入れようがない。

そんな人たちに何故《なぜ》頼むのかといわれるかもしれないが、なにより視聴率が欲しいテレビは人気者を無視出来ない。ある時間に人気者を出演させるというのが大前提にあり、その番組をクイズにするかヴァラエティにするかドラマにするかというのが二次的問題であり、それがドラマになった場合にようやくライターを誰にするかが議題にのぼってくるというようなことも少なくないのだから、無名の実力派で固めようなどということは、なかなか出来ない。

それでもそういう意欲を持つプロデューサーがいないわけではなく、一緒に俳優学校、小劇場の舞台などを見て回ったり、まったくの新人を連続ドラマの大役に振ったりしたこともあったが、今回は前後篇合せて二時間という短い作品である。これではずぶの新人を見つけて来て中心に据え、宣伝して育ててしまうというようなことは出来ない。

二回目の打ち合わせで、私の考えた物語にふさわしい俳優は結局つかまらないということが判明する。

となれば物語をかえる他はない。たとえば「アニー・ホール」「マンハッタン」といった作品に近いドラマをつくりたいというようなことは、よくドラマのスタッフの雑談に出て来るが、ウディ・アレンのような役者がいなければつくれない。知的でエゴイストで都会が好きで憎んでもいて感傷的で人が好く冷酷で容姿に劣等感がありおしゃべりで軽佻浮薄《けいちょうふはく》で孤独癖もあり女好きでシニカルだなどというライターやディレクターはあちこちにおり、彼らはそのような東京人間をやや美化しニューヨーク風な味も添えて描いてみたいという欲望を持っているが、体現してくれる俳優さんがいなければ手も足も出ない。無理をすれば、気《き》の利いているはずの台詞《せりふ》ほど歯の浮くようなことになり目もあてられない。

実際的にならなければいけない。

二回目の打ち合わせの後半は、新しい物語をひねり出すことに費す。ウィリアム・ハートとグレン・クローズがいればいいドラマになるのだがなどという話を考えていても仕様がない。日本の俳優さんの中で、スケジュールが合い、出演してくれる人に合せて物語をつくる他はない。すでに引受けてくれた俳優さんを断ることは出来ないから、それが今度は拘束になって来るが、引受けてくれた人は大事にしなければならない。

いい俳優さんは貴重である。若い人はいざとなれば捜《さが》して育てるという手がまだしもあるが、中年期老年期となると、出来る人の数は実に少ない。その時々の適役というものがあるから出来る人なら誰でもいいというわけにもいかず、大抵の場合、二人のうちの一人を選ぶというようなことになる。本当は選びたくなんかないのである。笠智衆さんしかいないと思いつめ、その笠さんに引受けていただくというケースが一番いいのだが、なかなかそういう具合にはいかない。

物語を実際的にしたおかげで、主要六人のうち五人の出演が決った。出られる俳優さんに合せて物語を考えたのだから六人全部決っていなければいけないのだが、一人が脚本を読んでから決めたいといっているという。

俳優の立場からはもっともな要求なのだが、こちらは俳優が決らなければ書き出すことが出来ない。渥美清さんのつもりで書いたものがいろいろあって仲代達矢さんになりましたからよろしくといわれたって困るのであり（実際にそんなことがあったわけではなく、これは少し極端にせよ、それに近いめには何度もあっているから）配役を決めずには書きたくない。

今回の打ち合わせは、それをどうするかというのが主題である。こういう場合のいつもの対応は、私がその俳優さんに逢《あ》うことである。逢って、いかに今の日本でこの役をやれる人はあなたしかいないかを時間をかけて話すのである。「岸辺のアルバム」の八千草薫さん、「早春スケッチブック」の山﨑努さんなどのケースを思い出す。

しかし今度の場合は、どうも出掛けて行く情熱が湧《わ》かない。「諦めましょう」という。

「するともういない。いよいよ誰もいない」と局のプロデューサーは溜息《ためいき》をつく。

それから思いがけない名前があがる。盲点といえば盲点であった。「スケジュールはオッケーです。ドラマに集中してますし」

私は少し黙ってしまう。といって不機嫌になったわけではない。実はすぐ「いい」と思ったのである。しかし、今まで話していた役柄とかなりタイプがちがう。それなのにたちまち「いい」というのは、あまりに軽薄なような気がして間を置いたのである。これから書くのだからタイプは彼女に合せればいい。面白い。きっと、すごく面白い。

まったく、こんな風にして私は大抵のことを受け入れてしまう。気むずかしくないことは、自分でも嫌《いや》になるほどだ。決った俳優さんに合せて、あらかじめ考えていた人物像を変えて行くことに、快感のようなものがあるのだ。それを私は長いこと意気地のないことのように思っていた。自分の考えた人物像に固執し、適役の俳優さんをあくまで捜し、摑《つか》まえた俳優さんに対し更に役柄に合せるように要求すべきなのに、気が弱くて、すぐ折れてしまうのだと思っていた。

ところが数年前フェデリコ・フェリーニのインタビューを読んでいて、こんな言葉に出会ったのである。本が見当らず正確な引用が出来ないが、瘦《や》せて背の高いインテリ風の男を求めている、そこへどう間違ったか肥《ふと》った小男が現われる、すると頭の中の人物より、目の前の男のいきいきした現実感に圧倒され、捜していたのはこういう男だったと思ってしまうというのである。

フェリーニのように、とりわけ色濃く自分の世界を持っている映画監督にして、そのようであるのなら、私が頭の中の人物像をすぐとり消して、現実に付いても無理はない。いや、もともと映画や演劇やテレビドラマというものは、そういうものなのだと考えるようになった。ライターの想念が、周囲の他者に揉《も》まれて変容して行く。もし自分の頭の中だけで完結してしまう仕事なら、痩せて背の高いインテリ風しか思い浮かべなかっただろうに、俳優を必要とする仕事のために肥った小男を受け入れ、そのせいで作品のタッチも変化し、人物の関係も影響を受け、物語も思いがけない方向に展開してしまうというようなことが、こういう仕事の面白さなのである。

無論他者がらみのことだから、よき方向にばかり変容するとは限らず、まるで邪魔をしているとしか思えない演出家作曲家俳優にぶつかって眠れない日が続き、個人作業で完結する小説に強く憧《あこが》れたりするのだが、それでもなお、ギャンブルをやる人が大穴をあてた時を忘れられないように、凡才は他者に揉まれて思いがけない世界を手にすることも出来るテレビドラマ、演劇、映画をはなれることが出来ない。

主要六人のキャスティングがようやく終り、めでたく五時すぎに局を辞す。

五月某日

六時に田村町のプレスセンターへ。

九階のレストラン「アラスカ」。友人の脚本家田向正健さんが向田邦子賞をとり、その受賞式とパーティである。

向田賞は脚本賞で、毎年一作品が受賞する。今回はＮＨＫ大阪制作の「橋の上においいでよ」という作品で、これはもう出色の出来だったので当然の受賞である。田向さんはいま大河ドラマ「武田信玄」の脚本を書いているから、その出演者が大挙押しかけて華やかなパーティになった。田向夫人も嬉《うれ》しそうだ。

実は数年前、私もこの賞をいただいている。

その時はこんな華やかさは一向になく、御挨拶《ごあいさつ》いただいたU先生は、拙作（「日本の面影」というラフカディオ・ハーンをジョージ・チャキリスに演じて貰った脚本であった）をきびしく批評なさり、お礼の挨拶に立とうとする私に係の人が、なにしろこれはあなただけのパーティであっという間に終ってしまうから、お話は長めに願います、という。そんな準備はして来なかったので、汗をかきながらなんとか十分ぐらいしゃべる。

すると次に立ったA先生が「貰った人間は、どうもありがとうとかいってひき下がればいいのに、長々としゃべりやがって」とおっしゃり散々であった。人徳の差という他はない。

隅でうろうろしていると新潮社の今村さんが近づいて来たのでどきりとする。「どうでしたか？」というと「まだ終りません」と小声でいう。「そうですか。随分長いですね」と思わず溜息をついてしまう。

四時から山本周五郎賞の選考会が、ホテル・オークラではじまっているのである。

思いがけず拙作が候補作の一つにあげられていて、六時には決っているでしょうからお知らせにあがります、といわれていたのである。

ところがもうとうに六時をすぎている。二時間以上である。パーティに来ていてよかった、と思う。もし家で息をひそめて待っていたりしたら、今頃気持悪くなって横になり荒い息をしていただろう。

それにしても候補にあがるというのは、つらいものである。私は椎名誠さんの作品も干刈あがたさんの作品も愛読している。月刊誌で一年間の連載対談をした時、ともあれ第一番目に逢いたい人は椎名さん、と一回目のゲストになっていただいたし、干刈さんの作品の親子の会話の新鮮さには太刀打《たちう》ち出来ないものを感じて思わず頁を閉じた記憶がある。船戸与一さんの御作は未読だが、好評は雑誌でたびたび目にしており、長さにひるんでいたが、読みたいと思っていた。もとより敵意などあるわけがない。ところが競い合うようなことになってしまった。

これで自分以外の誰かがとれば、なんだあんなの、と口惜《くや》しいような気がしてしまうだろう。私が貰えば、いくら人柄のいい椎名さんだって「バカが。あんなのが、どうしてオレのよりいいんだよ」と不可避的に思ってしまうのではないか？

それが嫌ならノミネートされた時に辞退すればいいのだから甘いことをいっているのであるが、このような大きな賞を断るほど私は幸せではないし、といって屈折なく対抗心に燃えるほど若くもない。

六時半をすぎて「三島賞の方は終ったそうなんですが」と今村さんが、また傍《そば》へ来て囁《ささや》いてくれる。それほど熱心に審査して下さっているなら、結果がどうあれ、なにもいうことはない。いや、そのような気になれ、と自分にいいきかせている。

六時四十五分ごろ、今村さんがまた来て（大変な役目で申訳《もうしわ》けなかった）「お電話です」という。会場の外の電話に出ると、「小説新潮」の校條《めんじょう》さんの声が「あ、決りました」という。それがとても暗い声なのである。「そうですか」と私の方もがっかりしたような声になってしまう。「山田さんです」「え？」「山田さんが受賞です」

あとで校條さんは受賞者に電話するのに、あんな暗い声を出してどうするんだ、と傍にいた人にいわれたそうである。長い論議のあとの決定で、心優しき編集者はあちこちに心を添わせて、そうなってしまったのであろう。受賞作は去年の夏、校條さんに励まされて、なんとか書き上げた作品なのである。

「おめでとうございます」とパーティの受付にいる人に声をかけられる。写真を撮る人がいる。インタビューを申し出る記者がいる。向田賞の取材に来ていた人だろうが、いま本人が電話を切ったばかりなのに、どういうルートで知って会場の外に出て来ているのだろう、と思う。

田向さんのお祝いの席をかきまわすようなことは出来ない。受付の人に、くれぐれも黙っていて下さいと頼んでロビーへおりる。

インタビューを受けているうちに、記者やカメラマンの数が増えて来る。すると管理の人が来て、プレスセンターのロビーで写真を撮ってはいけないことになっていると（なんだか変な気もするが）追い出されてしまう。路上で写真を撮られ、インタビューの続きを少し受ける。

受賞には、すぐさま受賞第一作でこたえるのが礼儀にもかなない、気持のいいことだが、不安なるテレビライターは、ほぼ二年先までのスケジュールを埋めてしまっている。それはなにも私だけのことではなく、仕事のない日々の苦痛を思い知っているライターは、平静を保つためにもスケジュールを埋めようとするのである。

そのスケジュールの中に「小説新潮」との約束もあり、来年のことになるが、全力をそそぎいい作品にすることで、この栄誉にこたえたいと思う。

エンターテインメントの作家は量産に耐えるのが常識だが、私はもう充分テレビで量産の歳月をすごしている。一年に一作というような大衆作家が一人ぐらいいてもいいのではないか。インタビューにこたえて、ほぼそのような事を私は話した。

帰って女房とお茶をのんでいると、倉本聰さんから電話がかかる。

「いまニュースで見ました。よかったなあ」といってくれる。

「ありがとうございます」

「山本周五郎っていうのがいいよねえ。テレビライターって、結局山本周五郎だもんね」

「はあ――」

「ちがいます?」

「いえ、ちがいません。そう思ってます」

「よかったなあ」

「はい――」

「――おめでとう」

倉本さんは、その作品のように、なんだかやたらに間《ま》がいいのである。思わずほろりとしてしまう。

嬉しく電話を切って、新しいブランデーをあけることにする。こういう日に酒を呑みはじめるとブレーキがきかなくなり三日酔などということになりかねないので我慢していたのだが、とうとう呑みはじめてしまう。

（一九八八年）

II

自作再見

女と刀（1967）

関東生まれなのだが、九州体験が自分でも意外なほどあれこれある。

その第一は、と書いて、どれにするか迷うくらいである。天草《あまくさ》の女性を主人公に「朝の連続ドラマ」を書いたことも、薩摩《さつま》と会津の架空の人物で幕末から明治の初期を「大河ドラマ」で書いたのも忘れ難い。放送はそれぞれ一年間だったが、準備を含めると一年半ずつはかかっていて、その間頭の中を「なんばすっと」「ございもす」「ありもさん」と九州言葉が飛び交《か》っていた。無論私の書く言葉は不完全なもので、土地出身の人に修正して貰《もら》ったのだが。

しかし、第一の九州体験は、中村きい子さんの長編小説『女と刀』を連続ドラマに脚色させていただいたことだ、と改めて思う。はじめの何回かは木下恵介さんがなさり、そのあとを受け継いだのだが、原作の強さに圧倒され、自分の力量のなさを思い知った体験だった。三十歳で会社を辞め、脚本で生活をはじめたばかりの頃で、技術はもとより、人間としての器量を問われ、きたえられたという思いが深い。魅力に溢《あふ》れた原作だった。私の九州好きは、結局この体験に発している。

鹿児島の士族の娘の一代記なのだが、そんな並の言葉で要約しては礼を失する独自な作品で、今でも決して輝きを失っていないはずである。

人は誰でもある時代に生まれ、その時代の限界と可能性の中で自己形成をする。しかし、時代の転換期にぶつかると、その自分を全否定しなければならないような事態に直面する。

江戸時代の価値観、美意識をよく生きた人ほど、明治という新時代では不適応をおこす。第二次大戦中までの日本で自分を形成した人は、敗戦によって「いいは悪い」「悪いはいい」というくらいの世界の逆転を経験した。

駕籠《かご》をかつぐ人は人力車の登場で自分の能力が無意味になる時代を生きた。人力車の練達《れんたつ》はタクシーの普及で同じ無念を味わう。そして、いくら無念でも口惜《くや》しくても時代はまずあと戻りはしない。

だから人は競って新時代に適応しようと、それまでの自分を捨てにかかる。あまり自分が出来上がっていない若い人ほど適応が早いのは当然である。年はとっていても、たいした自分を持たない人も、これまた適応を誇るだろう。

しかし、そのようにして生き残ることで私たちはなにを失っているのか。時代からおくれ、亡《ほろ》びることは、そんなに無惨《むざん》か。

「非国民」「鬼婆」と呼ばれながら自分を失わず、反時代を生きた女の物語は、「ひとふりの刀の重さもない男よ」と私を打ちのめしたのであった。

（二〇〇一年）

それぞれの秋 (1973)

その日、私はくさっていた。もっともテレビライターは、よくくさるので、特別変った日というわけでもなかった。打ち合わせのあったテレビ局を出て、まっすぐ家へ帰る気がせず、地下鉄で午後の銀座へ出ると、近藤書店やイエナをうろつき、そのうちふいと、ジャック・ニコルスンの新作が有楽町のスバル座にかかっているのを思い出した。まだ彼を「イージー・ライダー」でしか知らない頃だった。ライターになって八年目、九年前の話だ。まだ春のはじめで、うすら寒いような日だった。「ファイブ・イージー・ピーセス」というのが映画の題だ。

スバル座まで来ると、次の回まで二十分ほどあるので、また近所を歩いた。コーヒーは局でのみすぎていたし、じっとひとりで座っていると、やり切れないことがよみがえって来そうで、ぐるぐる歩くことにしたのだった。

プロデューサーは、ぬるま湯のような家庭劇はつくりたくないと考えていた。それには異論はなかった。その頃隆盛を極めていた多人数ホームドラマは事実に反する。

家族は、その種のドラマのように、なんでも話し合い、いたわり合い、助け合ったりしないし、父親の良識ある御託宣や、母親の情愛溢《あふ》れる振舞いで、ほのぼのと物事は到底終らない。そこまでは私も同じだった。しかし、それから先がちがうのだった。話せば話すほど、どんどんふたりの間がはなれて行った。

彼は、家族というものは、表面ではむしろポンポンと荒い口調で悪口をいったりするものだと考えていた。「お多福め」などと父親が娘にいい、娘も「お父ちゃんなんか大嫌いよ」と平手で親の尻を叩いたりするのが「リアル」だというのだった。しかし、心の底では思いやり合っていて、肝心な時には、荒っぽいやり方だが、助け合ったり励まし合ったりするものだ、そういうのをやりたい、と興奮していうのだった。

私は、そんなのは全然やりたくなかった。そういう家族像が「リアル」だなんてちっとも思えなかった。家族はまず両親と子どもふたりぐらいの小家族で、子どもが小さい時はともかく、高校生大学生というようになると、いい合いなどむしろ避けたがり、心の秘密などというものもまず家族にはあかさない。それは父親もそうで、仕事の上での屈辱を帰って来て話すなんてことはしないし、むしろ妻や子どもには自分がひき立つようなことしかいいたがらない。母親も、ひとりでいることの多い日々の孤独を訴えようにも、聞く人を持たない。それぞれがそれぞれの悩みや孤独をかかえながら、それを家族にあかすことはなく、むしろあかさないからこそ家庭が小さな安らぎになっていたりする。お互いにお互いの現実を知らず、一見平穏無事な一家という姿を、なんとか保っている。

「それじゃあドラマになんないじゃないの」とプロデューサーがいう。

「いや、なるんです。ドラキュラです」

「ドラキュラ？」

「そうです。ブラム・ストーカーのドラキュラを書きたいんです」

今思えば嫌味《いやみ》ないい方だが、その頃の私は、その思いつきに夢中になっていた。ドラキュラに血を吸われた人間は、死んで吸血鬼になってしまうのである。しかし、吸血鬼であることも死んでいることも、ちょっと見ただけでは分らない。相変らず家族の一員として普通に暮していて、夜半突然牙《きば》をむき出しにして誰かを襲うのである。だから「一体、誰が襲ったんだろう？」などと父親が娘と話したりする。ところが、その娘が実はもう娘ではなく吸血鬼なのである。しかし、そんなことはおくびにも出さないで「怖いわ。ほんとに、誰なのでしょう？　お父さま」などといっているから、また誰かが襲われてしまう。家族の一人の実体が、普段なんとなくこういう人間だと思っていたのとは全然ちがうものだったという怖さ。それに段々気がついて来るドラマ。そういうのを書きたいんです、と私はおずおずと、しかし執拗に主張した。

「駄目よ、そんなの。口でいうのは簡単だけど、そんなのホームドラマで書けっこないじゃないの」

ビルの街を歩きながら、結局私は屈服して、プロデューサーのいうようなドラマを書くことになるのだろう、と考えていた。仕事を断わるのは怖かった。妻と子どもとの生活を維持しなければならなかったし、それよりなにより、実をいうと内心ひそかにわがドラキュラホームドラマに最終的確信が持てずにいたのである。プロデューサーが危ぶむのも無理はなかった。成功率は五〇パーセントぐらいだ、というような自信のなさが、心の底から消えなかったのだった。

十数分がたち、私はスバル座へ入った。もう休憩になっていて、客席は八分ぐらいの入りだった。通路を歩き、隣に人がいない席を選んで掛けた。

「山田さん」

小さな声が背後から聞えた。振りかえると、一度だけ逢《あ》ったことのある俳優なのだった。十八、九の青年で、木下惠介さんのお宅で、「冬の雲」というドラマに出た青年だと紹介されたのである。名前も忘れていた。

「あ、こんちは」というと、

「映画ですか?」フフフ、と笑った。

たしかに映画館へ入って席へ腰を掛けても、目的は映画ではなく痴漢行為だったりする人もいるだろうから、まったくピントはずれな質問ではなかったが、風変りといえば風変りで、しかし奇をてらってそんなことをいったのではなく、ついいってしまったのだということ、いってから「あ、変なことといっちゃったな」と思っていることがすぐ分った。

「そう。映画」と私はフフフと笑った。

するど彼もフフフと笑い、声をかけてしまった自分をもてあましているような目になり、それから救われたように急に隣を見て、

「あ、こいつ、友達です。日大の芸術科へ行ってるんです」といった。友達は口の中で「どうも」といった。

するとベルが鳴って、女の声がスピーカーから「お待たせいたしました」といい
「じゃあ」と私は目礼した。

「はい」

フフフ、と彼はまた微笑した。

不器用でナイーブで、短いやりとりの中に、知的な匂いも、なんともいえず可笑《おか》しいようなところもあった。

ジャック・ニコルスンを見ながら、段々私は映画を忘れていった。いけるような気がして来たのである。背後の彼を主人公にすればいけるぞ、というように、どんどん気持がたかまって来たのである。

五〇パーセントしかなかった自信がたちまち八〇パーセントぐらいになって来た。ドラマの姿も、どんどん鮮明になって来るのだ。だから今でも「ファイブ・イージー・ピーセス」が、どんな映画だったか判然としないままである。

明るくなった。彼としゃべってみようと思った。振りかえって、

「コーヒーでものもうか？」といいながら立ち上ると、

「いえ」と彼はちょっと腰を浮かし、困ったような顔で「これ、ちょっといい映画なので、三回見ることにしたんです」といった。横で友達は座ったままである。

「三回？」

つまり、私と見た回の前から見ていたのであった。「フフ、すいません。映画、好きなんで。フフ」

別れて、私はひとりで外へ出た。入る時とはまったくちがう気分だった。わくわくしていた。「彼でやろう。彼なら絶対うまく行く」

それが、売れない頃の小倉一郎君であった。

説得しなければ分らないようなプロデューサーとは、やりたくなかった。私は企画を大事にした。そして、たちまちのってくれたのは、木下恵介さんであった。

演出はTBSの井下靖央さんである。木下プロダクションへ出向してつくってくれたその手腕は、放送作家協会演出者賞として、多くの人の認めるところとなった。

小倉君をはじめとして俳優さんにも恵まれた。うまく行く時はいろいろうまく行くもので、テレビ大賞の優秀個人賞を小林桂樹さん、新人賞を火野正平さんが受けられたが、他の人達も、少しも劣っているとは思わなかった。桃井かおりさんを知ったのも、この作品を通じてであった。作品自体も、テレビ大賞、ギャラクシー賞を受け、まあ賞を貰《もら》ったからいいというものでもないが、不安なるテレビライターには、多くの視聴者の思いがけないほどの反響と共に、やはり喜びであった。

（一九八二年）

さくらの唄（1976）

映画や芝居には「下町もの」と呼ばれる作品群があって、下町にあまり金持ちや政治家などは住んでいないから、その多くは弱者の世界の物語である。弱者が助け合う姿を、建てこんだ家並や暗い路地の情緒的描写と共に肯定的に描くそれらの作品群を、私はあまり好きになれなかった。

浅草生まれの私には、それらの多くが下町の世界を美化しすぎているように思え、その種の作品に接すると大抵照れくさいような気持がこみ上げた。

弱者は当然のことながら助け合うばかりではなく、時には首吊《くび》りの足をひっぱるようなことをし、猥雑《わいざつ》で鈍感で嘘《うそ》つきで気弱で空威張《からいば》りで見栄《みえ》っぱりで頭も悪かったりして、それらの欠点が山の手より、とり繕いようもなく露呈しがちなのが下町の世界なのである。

自分がもし下町を描く時があるなら、なんとか「ノスタルジイ」とも「下町情緒」とも無縁の世界を書きたいものだと思っていた。下町については、軽い気持では書かないぞ、という構えがあった。

だから「さくらの唄《うた》」の舞台を東京下町に決めた時、よし百鬼夜行の下町ものを書いてやれ、という意気込みがあった。

ひとりで上野、浅草、隅田川周辺を何度か歩いた。

そのうち、やられてしまったのである。

なんにやられたのか分らない。喫茶店というより「ミルクコーヒー屋」といった方が似合うような店に意外なところで出っくわしたり、洋食屋でメンチカツを食べたり、川べりの柳を見てベンチにかけたりしているうちに、下町を舞台に、荒々しい現実の物語など書きたくなくなってしまったのである。あったかい物語を書きたくなって来た。故郷に土足で踏みこむようなものは書きたくないという思いが強くなった。

父を亡《な》くして間もない頃でもあった。

気持のいい家族の物語を書きたくなった。

これ以外の私の作品の家族は気持が悪い、というわけではないが、「さくらの唄」は他の作品とはっきり一線を画しているように思う。それは、感傷的言辞を弄《ろう》して恐縮だが、亡父と故郷が力をかしてくれたせいではないか、というような気持がある。

もっとも、事実はそんな甘い話ではなく、多分に演出家久世光彦さんと組んだせいであるかもしれない。

久世さんはTBSの「水曜劇場」という九時からの連続ドラマで目を見はるようないい仕事をしていた。「時間ですよ」「寺内貫太郎一家」はその代表作である。「さくらの唄」はおくればせに、その仲間に入れて貰《もら》った作品である。一回目の顔合わせ、本読みに出かけた私は、稽古場《けいこば》の熱気と久世さん、樹木希林さん（当時は悠木千帆さんとおっしゃっていた）の意気込みに完全に圧倒された。台本は即ち土台であり、そこにどのような家を建てるかは、役者と演出家の問題だというような気負いがみなぎっていた。事実それまでの「水曜劇場」の脚本には、ここは「堺正章さんと悠木千帆さんでよろしく」としか書いていないシーンが用意され、そこでの台詞《せりふ》やギャグは、久世さんと俳優さんたちで侃侃諤諤《かんかんがくがく》の末につくられていくということが行われていたのである。そして、それは感嘆するほど、素晴しい出来であることが多かった。だから、私との仕事でも、そうしようと思っても当然だし、今でもそうすべきだったのではないか、という思いが私の中にないこともない。テレビドラマは、映画的水準での完成度を狙《ねら》うべきではなく、むしろ現場でつくり上げて行く鮮度をこそ大切にすべきではないか。そして、そんなつくり方を、そうそう出来る演出家も役者もいないのだから、私はいくつかのシーンを、久世さんと才能ある俳優さんにゆだねるべきだったのかもしれない。議論の領域では、私は今でも時々あの頃を振り返って半分ぐらいそう思う。

しかし、駄目なのであった。自分が書いた台詞の間に、俳優さんや演出家の考えた台詞が時々入って来ると思うと、それだけで書けなくなってしまうのである。

久世さんにお願いして、私の書いた台詞以外は発声しないこと、私の書いたシーン以外のシーンがあるなどということはないようにしていただいた。

それは独自の演出方法を築き上げた久世さんにとっては、不快で苦痛をともなうものであったはずだが、なにもいわずに承知して下さり、その手枷足枷《てかせあしかせ》の中で、見事な演出振りであった。

樹木希林、桃井かおりの姉妹の演技も忘れ難い迫力であり、いま脚本を読み返しても、余人をもっては替え難いという思いが溢《あふ》れてしまう。

いや、「いま読み返しても」ではなく「いま読み返すと」というべきかもしれない。

つくっている頃は、私は久世さんにも樹木さんにも不満があり、久世さんに向って（一度だけれど）大声を出したことがあった。樹木さんにも、気に入らないというようなことをいった。まったく贅沢《ぜいたく》なことをいったもので、十年もたっては、遅きに失するが、心からお詫《わ》びを申上《もうしあ》げたい。改めるべきと努めているが、私には、自分とはちがう他人のよさがすぐには分らない偏屈なところがある。

もっとも久世さんも樹木さんも、そんなことは忘れていらっしゃるだろう。大体、打上げパーティの頃には和気《わき》藹藹《あいあい》だったのだから。ＴＢＳからバーだかクラブだかの会場へ赤坂の夜の街を歩いた時、私は両手に花であった。樹木さんと桃井さんと腕を組んで歩いたのである。なんだか誇らしくて嬉《うれ》しかったのをおぼえている。

（一九八六年）

岸辺のアルバム（1977）　その1

一九七六年に新聞小説として書いたこの作品は、連載中ほとんど反響がなく張り合いのない思いをした。翌年、連続テレビドラマとして放送されると今度は驚くほどの反響で、それにはこの作品だけの事情もあるからすぐさま一般論にしてはいけないのだが、かつて新聞小説が担っていたものを、テレビの連続ドラマが肩代わりしてしまった時代なのだと、テレビライターが主業の私は手前味噌《みそ》の感慨を抱いた。

今はその連続テレビドラマも随分様変わりして、現在この種の小説を連続ドラマの企画としてテレビ局にさし出しても実現するかどうか心もとない。おそらく「暗い」とかいわれて、断られることだろう。

一九七〇年代半ばの東京の四人家族の物語であった。テレビドラマの主人公の一人だった杉浦直樹さんが「あの頃はみんな今より怒りっぽかったなあ」と去年逢《あ》ったらいっていたけれど、十二、三年の間に確かに日本人はかなり穏やかになった。といっても、当時の社会がかかえていた歪《ゆが》みで消滅したものはなにもないといってもいいのだから、そんな変化はなにやら不気味な気がしないでもない。

この小説を書き終えた翌日、私は岩手県の農村にドラマの取材に出掛けている。夜、囲炉裏《いろり》を囲んで、結婚相手の見つからない長男や長女たちと酒をのんだ。その時は東南アジアから嫁を貰《もら》うという発想は誰からも出なかった。その後そういう解決方法が登場したのだが、本質的には農村の状況はなにも変化していない。

それはこの小説の登場人物たちの悩みもそうで、まぎらす方法が増えたり、対応に変化はあっても、少し立ち入れば歪みはむしろ進行しているというものも少なくない。作中の夫であり父親である四十五歳の商社へ勤める男は、大学病院へくい込むために、バングラディシュから解剖用死体を輸入して「みやげ」にするが、その取引に応じるバングラディシュの人たちの内面についての想像力も、死に対する畏怖《いふ》の念もほとんどない。それを息子が軽蔑《けいべつ》し激しく怒るのだが、十数年たった今、なんとなくありそうもないように思えるのは息子の激しい怒りぐらいのものである。外国人の内面についての想像力は依然として貧困だし、商売の前では自分の宗教的感情などたちまち抑圧してしまう仕事人間にも事欠かない。ただ、それを嫌悪したり怒ったり軽蔑したりする息子だけはいなくなったという変化を、喜んでばかりもいられない。

それは妻であり母である女主人公についてもそうで、この十数年女性は随分力をつけ、男よりずっと元気になったかのように見えるけれど、内面の空《むな》しさの量はそれほど減ったわけではない。ただ、日々の生活を「つまらない」とか「空しい」とかいうように単純にあからさまに口にはしにくい一種のソフィスティケイトが進行し、一見克服された主題のように見えるだけではないだろうか？

物語は多摩川の堤防の決潰《けっかい》で終局を迎える。家を流されてなにもかも失った家族が心の持ちようを変えるのだが、それでは洪水がなかったらどうなのか、といわれたことがある。人物たちの変化を偶発した災害に頼るのはフェアではない、と。しかし、私には日本人がただ内発的に変化するなどということをあまり信じられない。災害が恩寵《おんちょう》のように作用してしまう結末を、今でも別に反省していないし、日本人の変化はこれからもそんなものではないかと思っている。

（一九八九年）

岸辺のアルバム（1977）　その2

一本のドラマが出来るまでには、直接その作品に関わるスタッフが平均五十人近くいて、その上俳優さんがこれまた二、三十人ぐらいは普通なのだから、小説とは随分ちがった世界である。

この作品は、はじめ新聞小説として書き、東京新聞、中日新聞、北海道新聞の三紙に連載された。

その小説については、担当の渡辺哲彦さん、絵を描いて下さった深井国さん、文化部の記者数人、印刷関係スタッフぐらいしか、無理に指を折っても、関わった人を思い浮かべられないけれど、ドラマの方は、注意深く数えても沢山いて誰かを漏らしてしまいそうである。

だからドラマについては、その完成品を「私の作品」というのは正確ではない。いや「私の作品」にはちがいないのだけれど、演出家も同じものを「私の作品」といっているし、プロデューサーもいっているし、カメラマンもライトマンも俳優さんも、そういっているのである。

ライターが正確に「私の作品」といい得るのは、脚本までである。

それから先は、実にいろいろな人々の才能、知性、感覚、心労、ひらめき、努力、体力、手抜き、鈍感、誠実、夢、無能、嫉妬《しっと》、勢力争い、掛けひき、願望、物欲、誰かの故郷の母親の期待に至るまで、多くの人々のさまざまな要素に支えられ高められ足をひっぱられて漸《ようや》く完成するのである。

かつて私は、映画のセットに樹木を入れる植木屋さんが「あの作品も俺あれも俺」と手がけた名作のタイトルを誇らしげにいうのを聞いて感動し、ああ自分の作品もいつかこの植木屋さんの自慢の一つになりたいものだと願ったことがあったけれど、つまり植木屋さんも「あ、あれ俺の作品」といったりしているのである。

しかし、それは実は幸運な例であって、ドラマの成り立ちが事実としてはどの作品もそのようであっても、誰も「私の作品」といいたがらない作品の方が、はるかに多いのである。みんながその作品に関わったことを忘れたがり忘れて貰《もら》いたがり、気がつくとライター以外には、誰もつくった人がいないような感じになってしまう作品の方が多いのだ。

で私は、関わったスタッフが、その作品に関わったことを、どの程度どのように口にするかを、一つの批評基準だというように考えている。「結局あのドラマは、俺がつくったのよ」などと、ディレクターもいい、プロデューサーもいい、俳優さんもいうようになったら、大成功というべきであろう。

「岸辺のアルバム」のスタッフ、キャストは、いずれも節度ある紳士淑女であるから、露骨にそんなことはおっしゃらないが、私の作品の中でも第一級といった感じで、誰もが「私の作品」といって下さっている一つである。そのことを私は、いささかのシニスムもなしに、誇りに思っている。事実、この作品をつくり上げて下さったスタッフ、キャストは、今ふりかえっても、めったに得られない最高の結集であった。

十数時間をかけて、平凡な一家庭を見つめて行くというドラマは、映画では到底実現不可能なことであり、テレビドラマの可能性の一つの重要な方向であると思う。

思い出深い――自分でいうのは、いささか慎しみに欠けるけれど、全力を傾注した作品であった。

（一九八五年）

男たちの旅路（1976–1977）

私の書いたもので、見て下さった方が手紙を下さるというような反応が一番多かった作品は、この「男たちの旅路」と「早春スケッチブック」である。手紙や葉書は、第一部、第二部の六作が終るころには、相当の量となり（私のところへ下さったものや各スタッフ宛てのものは私信と判断してはぶいたが）ＮＨＫ宛てのものをプロデューサーの近藤晋さんと演出の中心だった中村克史さんが、ガリ版刷りだが部厚い二冊の本にして、スタッフ、キャストに配ったのである。批判も含めて、それは読みごたえのあるものだった。反響の大きさに、みんな興奮していた。

第三部の三作は、スタッフもキャストも、もっとも高揚していた時期の作品である。プロデューサーだけ、おだやかな近藤さんから沼野芳脩さんに替ったが、この人はしゃべり出したら止まらないという熱度の高い人で、第三部に入ったこのシリーズの意気軒昂《けんこう》にふさわしく「なんでも書いて下さい。実現しちゃうから」と胸を叩いて、脚本の出来るのを待ちかまえてくれた。そうなると、私はやめたくなってしまう。

一種の臆病なのかもしれない。第三部の第二話「墓場の島」のスターのように、凋《ちょう》落《らく》が怖くて、先手を打っていい時にやめてしまおうと考えるところがあるのである。と同時に、少し不安定な場所の方が性《しょう》に合うというような傾向があるといってもいい。

たとえば拙作「岸辺のアルバム」は放送時期が夏休みで、人々があまり気を入れてドラマを見る季節ではないところに編成され、多少ひがみもあるかもしれないが、局の空気には、秋の本命、倉本聰作・高倉健主演の「あにき」までのつなぎの企画という印象があった。そういう場所に置かれると、カッとするところがあるのである。

このシリーズもそうで、松本清張シリーズ、平岩弓枝シリーズは成功率が高いが、テレビライターのオリジナルシリーズは、不安な企画であり、関係者にとっては勇気のいる賭《か》けであり、打ち合わせをしていても、誰かから不信や危惧《きぐ》が放射されて来るというようなところがあった。そういうものを感じると「燃える」のである。戦後の経済成長期には「燃えて」、低成長安定期になると、どうしていいか分らなくなった同年輩の男たちと共通した貧乏性があるといっていいかもしれない。関係者がNHKの廊下の真中《まんなか》を胸をはって歩けるようになると、かえって気持が不安定になってしまう。

で、これでやめる、といい出してしまった。そういうことにしないと、心から「燃える」というようにならない気がした。

この第三部の最後に吉岡晋太郎は解体してしまう。もうドラマのテーマに関わることで利《き》いた風なこともいえず、若い女に溺《おぼ》れて行方不明になってしまう。これではシリーズを続けようがない。そんなプランを口にした。

多少曲折はあったが、みんなも、まあそれも仕様がないだろう、というようなことになった。すると、私の中にこのシリーズへの哀惜《あいせき》が湧《わ》き、あと三作しかないと思えば、一作一作への気持の入れ方も格別になって来る。

それから、第一話「シルバー・シート」を書きはじめたのだった。厄介といえば厄介だが、たかがテレビの小さなシリーズでも、当事者たちは、それなりに沢山の感情やら決意やらを費消しているのである。

ところが第三部を終えてから、ほぼ二年後の昭和五十四年の秋に第四部が放送されている。

結局のところ、反響の大きさ、視聴率の高さ、NHKの方針に私が抗せなかったわけだが、しかし一方で、身障者の人たちとのつき合いがなかったら、引受けたかどうか分らない。

この第四部第三話の「車輪の一歩」という作品になる身障者とのつき合いが、その頃二年ほど続いていたのである。そこから得たさまざまなことをドラマにするのに、このシリーズがとてもふさわしいというように思った。

しかし吉岡晋太郎は、北へ向ったきり行方が分らない。

何処《どこ》へ行ったのか？

演出の中村克史さんと、吉岡が暮らしていそうな土地をあれこれと思い描いた。

そして、漠たる勘とでもいう他《ほか》はないが、根室へ行ってみようということになった。

霧の濃い季節で、町は鮮明な姿を見せず、港へ出ても盛り場を歩いても霧か靄《もや》が流れて、不透明なその奥にいくつもの物語がひそんでいるように思えた。身をかくした吉岡にふさわしいという気がした。

陽平が、船火事で仕事を失った青年と出逢《であ》う経緯も、ほぼ事実に添っている。その青年とあちこちを歩き、色丹にあるロシアの収容所のカピタンの冗談なども、彼が口にした通りを台詞《せりふ》にしている。もっとも、その青年は東京へ行くなどとはいい出さなかったが。

根室から帰る列車の中で、私は吉岡を再び見つけた幸福感の中にいた。そして、「車輪の一歩」を書き終えた時、ここまで書く機会をあたえてくれた多くの人々に、礼をいいたかった。

（一九八五年）

夏の故郷（1976）／幸福駅周辺（1978）／上野駅周辺（1978）

都市生活者が、田舎的なるものへの欲求を抱くのは、いまではごく普通のことになっている。都市の形成初期には無論そんなことはなく、田舎は排除されるべき嘲笑《ちょうしょう》されるべき遅滞、旧弊を意味していた。

やがて田舎は見直される。都市の人工性を批評し、人間の本来あるべき生活を示唆《しさ》するものとして再登場する。

それはまず金持ちと知識人の中に立現われる、といったのはエドガール・モランである。「都市の快楽・利点に最初に飽きてしまう階層」（『時代精神』宇波彰訳）だからだ。そして、それは次第に広範な市民層に拡がる。

しかし、その発生が示すように、このような田舎への傾斜は、多くの場合「田舎的なるもの」への傾斜であって「田舎の人間」になることではない。

無農薬野菜を求め、手作りの伝統家具を愛し、薪《まき》で飯を炊《た》き、休日はもっぱら田舎に車を走らせるとしても、大半の人々は農家の嫁になりたがったり養子に入ってしまったりすることはない。

そのような事情はテレビドラマにも反映していて、視座を都会生活者に置いた「非日常としての田舎」ならともかく、田舎の日常的現実をとらえようとするドラマを見たがる人は少ない。あるいは少ないと製作者は判断している。

昭和五十年の春、NHKから翌年の八月の旧盆に合せて、「銀河テレビ小説」の「ふるさとシリーズ」として、農村を舞台にしたドラマをつくりたいという電話を貰《もら》ったのは、きわめてめずらしい「できごと」であった。

しかし、示された企画は、上野からお盆で帰郷する家族の数日間を追うというものであった。私は異議をとなえた。それでは惜《お》しいといった。農村を描くという企画が会議を通るということは、めったにあることではない。その機会を得てなお、都市生活者の視点にとどまるのでは、手に入れた宝を半分ぐらいドブに捨てるようなものではないか――などといいながら、実は内心小さく私はうろたえていた。

多分私のいい分は論理的には正しいはずだが、私に一体農村で生活をする人々の視点で、ドラマが書けるだろうか？　という不安がこみ上げていた。

農村を知らない。東京で生まれ、戦時中の疎開は伊豆の温泉場で、近くに農業をする人々はいたが、思い出はせいぜい学校から引率されて出掛けた「勤労奉仕」で、麦踏みや稲刈りをしたこと、戦後食うものがなく、頭を下げて芋《いも》や米を買いに行ってニべもなく断られたことぐらいなのである。

ところが得てしてそんなものだが、私の意見は、たちまち受け入れられ、農村側からの視点でドラマをつくろうということになってしまったのである。

演出は佐藤隆さんで、その時はまったく知らなかったが、御自分でも芝居を書く方で、昭和五十八年に紀伊國屋ホールで初演された「朝・江戸の酔醒《よいざめ》」という鶴屋《つるや》南北を描いた舞台は見事なものであった。

その佐藤さんと、盛岡へ出掛けたのである。

今から思えばはずかしいようなものだが、早池峰《はやちね》山麓に「日本のチベット」といわれているところがあると聞いたからである。舞台にならぬとしても、まずはそのような「過激な農村」へ行ってみようと、軽薄なる都市生活者（佐藤さんも東京生まれのはずである。もっとも、軽薄なのは私だけであるが、ともあれ二人）は、山麓の大迫《おおはさま》町へ向った。地図によると山を越えて柳田國男「遠野物語」の世界がある。

町の中央でバスを降りて、私たちは暫くぼんやりしていた。アスファルトの道路の両側に商店が並び、ナショナルやコカ・コーラの看板が目につき、スナックもあれば食堂もある。一体、どこがチベットなのか？

チベットへ行ったことがないのだから、この質問自体、随分傲慢《ごうまん》にしていい加減なのだが、たしかにこの町を「日本のチベット」として紹介した記事を読んだのである。

雑誌だったと思う。そう書かれれば並の日本人は、山また山の奥地の、霧が流れたりする斜面に、へばりつくようにしてある単色の集落を思い浮かべるのではなかろうか?

「ひどいな」などと私はいってしまう。「普通の町じゃないですか。これなら、ぼくの住んでる川崎の在の方が、よっぽど僻地《へきち》ですよ」

西洋人が日本へ来て、わらぶき屋根もなければチョンマゲもない、人力車も裸足《はだし》で遊ぶ子どももいないと歎くようなもので、そこに住む人々は、旅行者の勝手な期待になど応《こた》えてはいられない。外見上の日本人の平均化は、当然のことながらこの町にも及んでいたのである。

「町役場へ行ってみましょう」

冷静なる佐藤さんが、先に立って歩く。

その役場も、農協の建物も立派なもので、郷土博物館も美しい建築で、町はずれには、たしかレナウンだったと思ったが、工場まであるのである。

しかし、土地の人々にお話を伺《うかが》い、おずおずとやや立入ると「貧困」はじわりと姿を見せはじめた。金銭のことではない。

なにより嫁不足であった。

土地の若い人たちと、囲炉裏《いろり》をかこんで一夜だけ酒をのんだが、ほとんど長男ばかりで、二人ほどいた娘さんは、養子を必要とする跡継ぎなのであった。みんな独身で、相手がなかった。結局のところ、田舎は嫌われているのである。実体としての「都市生活」と「農村生活」を比較すれば、住居の広さといい、食べ物の新鮮さ、空気のよさ、やすらぎその他、農村に軍配の上る率がむしろ多いかもしれないのに、人々は都会に流れ、田舎へ帰りたがらない。

まだ二十をわずかにすぎた青年から、ぼそりと、

「三十すぎても嫁の来ない家は、いくらもあるからね」

と一生妻を抱くことはないかもしれないという不安と孤独と恐怖のようなものを小声で語られた時は、返す言葉がなかった。

「夏の故郷」はそのようにして出来た。

明るかった青年が、三十をすぎてほとんど口をきかなくなっているという山影家の長男の役を、夏八木勲さんが的確に受けとめてくれたのを思い出す。ほっとしたのである。これが、ただ陰惨では困るし、といって暗い部分を軽めにやられても困る。結果は甘い暗さというようなものを、よく出してくれていて嬉《うれ》しかった。

佐野浅夫さんと中北千枝子さんの夫婦は、もういうことなしの出来で、書きながらもおふたりのかけ合いの声が聞えるようで、楽しかった。

この作品は、視聴率も評判もよく、翌年も同じ時期に「ふるさとシリーズ」として

農村舞台のドラマが書かれることになり、これも私が「夏草の輝き」という新潟県の高校の国語の先生を中心にした作品を書かせて貰った。高校の野球部が予想に反して甲子園へ出場することになり、となるとその費用は莫大《ばくだい》なものになり、土地の人々の寄附に頼る他はない。授業どころではなく教頭が金集めに走り回るというような話を書いた。

その翌年の「ふるさとシリーズ」では「幸福駅周辺」という帯広を舞台にした作品を書いた。酪農を中心とした北海道の農村へ、東京の青年がいわば「幸福のようなもの」を求めてやって来て、その村の少女は同じく「幸福のようなもの」を求めて東京へ向うというような話である。「幸福駅」の切符が爆発的に売れたのが前年だった。取材に行った頃は、もう淋《さび》しい幸福駅であった。

その年は、それと対のようにして東京にいる地方の青年も書いてみないか、とすすめられた。

「上野駅周辺」である。

演出は伊豫田静弘さんで、これが縁で四年後、名古屋局で「ながらえば」という短篇を一緒につくり、伊豫田さんはプラハの国際テレビ祭で、演出賞をお受けになっている。

さて、東京舞台ということになると、なんだか私の中に御徒町《おかちまち》のアメ横がしきりに浮かんで来た。よく行くというほどではないが、アメ横という戦後のマーケットの匂いを残す市場を、時折私は好きで歩いていた。そこで働き、売り声をあげる若い人たちの口調に、東北なまりがあるのも上野らしくていいような気がしていた。

伊豫田さんと二人でそのアメ横をうろうろと歩いた。そのうち、みんなが世話になった田舎の教頭先生の、あまり頭の回転のよくない息子が上京してくるという話が、徐々に頭に浮かんで来たのである。そう。先生の渾名《あだな》は「赤豚」というのは、どうだろう。血圧が高くて、肥《ふと》っていて、汗ばかりかいているが、生徒たちのことを本当に思ってくれた先生――その息子。それじゃあ、ほうっておけない。面倒をみなければ、故郷の人たちに、なにをいわれるか分らない。上野を舞台に、本人の気持も意志もかまわず、農村的配慮が錯綜《さくそう》する。

この作品では藤原釜足さんを忘れることが出来ない。

私は藤原さんの芝居の味わいが大好きで、前にも半年間連続ドラマでお願いしたりしていたのだが、藤原さんは台詞《せりふ》をおぼえることだけは大の苦手であった。「台詞はなきゃあないほどいいよ」とおっしゃる。こちらも承知して、なるべくないようにする。しかし、まるっきりなければ、やっぱり無念である。無論、そこにいてくださるだけでも実にいい味なのだが、それだけじゃあ折角の藤原さんがもうひと息ひきたたない。この作品では、ほとんど二シーンほどだが、相当に長い台詞を書いた。

「お願いします。どうか、これだけはおぼえて下さい」という思いだった。

奥さんが、お宅のあらゆるところに大きく台詞を書いて貼《は》られたそうである。お手洗いまで貼ってしまったという。

本番の日はスタッフも、数十回のＮＧを覚悟して、腰を据える気であった。見事に一回で終った。そして、その深夜のとんかつ屋のシーンは、この作品をどれだけ深くして下さったか分らない。

（一九八六年）

緑の夢を見ませんか？（1978）

テレビ局の玄関には、大抵「外来者は必ず受付を通して下さい」とか「警備の必要上、お持物を調べさせていただくことがあります」などと書いてある。そして、ガードマンなり守衛さんがいる。

ガードマンと守衛さんが、どう違うかというと、ガードマンは外部の警備会社から派遣されて来た若い人という印象があり、守衛さんはその局の守衛課（というものがあるかどうか知らないが）社員の年輩者といった印象がある。ガードマンに「さん」をつけると馬鹿にしているようで、守衛さんには「さん」をつけないと馬鹿にしているようだという妙な語感の差もあるが「さん」をつけたからといって、守衛さんの方に親しみが持てるといったものでもなく、むしろ、守衛さんの方がその局の権威を背負っているような怖さがあり、ガードマンはどこかで「とても俺はこの局の社員になんかなれないけど、バイトだから、ま、許せ」といったすまなさがただよった口調で「どちらへ行かれますか？」などと行手に立ちはだかるのである。

はじめのうちは（爆弾事件などで出入りがきびしくなりはじめたころは）しょっ中来ていて出入り自由だったのが、来るたびに受付へ行き職業と姓名を名乗り、仕事相手に内線電話をかけて貰《もら》い、その相手が迎えに来てくれるというシステムが「バカみたい」で、かまわず通ろうとしてよく腕をつかまれたり、立ちはだかられたりした。高名な俳優さんが、ある局の玄関で「どちらさま？」と呼び止められ、俺を知らない奴が日本にいるのか、と衝撃を受け、家にとじこもって、ちっとも局へ来ないので困っているから、お前も一緒に行ってあやまってくれといわれ、なぜ小生があやまらなければならないのかまったく分らないけれど、考えてみれば世の中矛盾だらけだからこそなんとか生きて来られたのだから堅いことはいうまいと同行し、局の人が「すみません」と頭を下げると、「どうも」などと一緒に頭を下げたりしたことがあったけれど、今はいろいろ他にもあったせいであろう、かなり呼び止め方も用心深く丁寧《ていねい》になって来た。

それでも、呼び止められるのは嫌《いや》なものなので、この頃は必ず受付を通している。一体、なんの話だ？　この作品とどういう関係があるんだ？　といらいらしはじめた方もいるのではないかと思うけれど、とにかくテレビ局の中へ入るというのは、気の重いことなのである。

で、たまに受付を通さずに入れたりすると、なんだかバカに得をしたような気になるのだが、どういう時にそういうことがあるかというと、外で社員の人と逢《あ》って一緒にテレビ局へ入る場合にまず限られる。

しかし、その時はそうではなかった。

受付へ行こうとする私に「あ、太一さん」と大声で和田勉さんが声をかけてくれたのである。和田さんは、いうまでもなくＮＨＫきっての名ディレクターである。つまり、その受付はＮＨＫの西玄関の受付で――ちょっと待ってよ、この作品はテレビ朝日制作でしょ、どうしてＮＨＫが出てくるのよ、とまたいらいらしはじめた方はもう少し我慢していただきたいのですが――和田さんが「なんですか？　今日は」と丁度表へ出て行くところかなにかで、にこにこ声をかけてくれたのである。

「ちょっと、あの、打ち合わせで」というと、「部屋はどこですか？」ときいてくれる。「×××号室ってことですけど」「あ、じゃ、そこのエレヴェーターじゃなくて、つき当って右へ曲って少し行った左側にあるエレヴェーターで四階へいらっしゃると目の前ですから」ととても親切にいって下さるのだ。看板ディレクターがそうだから、守衛さんもなにもいわない。

お礼をいってすいすい通って、やっぱり名監督とか看板演出家とかいわれる人はちがうもんだなあ、と敬意を抱きつつ、いわれた通りのエレヴェーターを四階でおりると、ちっとも×××号室なんてないのである。目の前はおろか、右の廊下にも左の廊下にも、それに近い番号の部屋もない。

苦情をいっているのではない。一度も一緒に仕事をしたことのない年下のライターに気軽に声をかけ、礼を失せず、乗るべきエレヴェーターにまで気をつかって下さるというのは、なかなか出来ることではない。ただちょっと間違えただけである。

その和田さんに、あるパーティで逢った。すると急に和田さんが、こういい出したのである。「あなたのね、あなたの作品で、なにがいいかというと、みんな『岸辺のアルバム』とか『男たちの旅路』とかいうけれど、私は全くそうじゃないと思っています。あなたの本領は、あんなところにはない。『獅子《しし》の時代』でも『想い出づくり。』でも『ふぞろいの林檎《りんご》たち』でもない。しかし、批評家は、ああいう仕事をほめる。世間の多くも、あの種のものを受け入れる。するとライターも人の子でね、どうしても世評にひきずられる。視聴率に影響を受け、その方向で自分をつくって行く。しかし、あなたの最高傑作は、ああしたものじゃあないと思っています」

ドラマ界の大ヴェテランに、そういうことをいわれれば、私でなくても、どきどきしてくるだろう。「あの、で、あの、和田さんのお考えでは、私のものでマシなのは、つまり——」とやや先を急ぐと、周囲が顔を向けるような大声で、

「いいですか。あなたの最高傑作は『緑の夢を見ませんか?』です」

と和田さんは、おっしゃったのである。

自作についての、こういう話は書きにくい。前置きが長くなったのは、ひとつには照れであり、ひとつには、和田さんも間違えるところがある、ということを暗示せんがためであるが、私もこの作品は、ひそかに気に入っているのである。悪くないと思っている。

一九七八年の作である。テレビ朝日でのはじめての仕事であった。

長いこと私はＴＢＳとＮＨＫを往復するという形で仕事をしていて、他の局との仕事がなかった。

「そういうのは、まずいですよ」とテレビ朝日の岩永恵プロデューサーがおどかすのである。「フリーのライターとしては、きわめてまずいやり方ですよ。ＴＢＳとＮＨＫをしくじったら、どうするんですか？　それからじゃ、他の局は使いませんよ。いまのうちに、テレビ朝日ともつながりをつけておいた方が、御家族のためでもあるんじゃないかなあ」

しかし、やる以上は、ＴＢＳでもＮＨＫでもやらなかった種類の作品を書きたかった。慎重になり、話があってから一年余り、考えていた。その間に、伊豆をふらふら歩いたのである。

ペンションへ泊った。伊豆高原である。すると、どんどん想いがひろがった。演出は、テレビ朝日のトップディレクター久野浩平さんである。きっと、こういう物語は、うまいにちがいないと思った。三田佳子さん、細川俊之さん、北林谷栄さん、倍賞美津子さんと、絶対出演していただきたい俳優さんの顔も、伊豆にいるうちに、次々と浮かんで来て、帰って書き出すのが、もどかしいくらいであった。

（一九八三年）

沿線地図（1979）

　人生には沢山のレースがあり、雨の日のタクシーの奪い合いであれ、テストの成績を争うものであれ、売り上げ競争、バーゲン会場のそれ、女をとり合うというような思い出したくないレースであれ、大抵の場合、自分を抑えたり、偽ったり、ひどい時には破壊してしまったりすることと無縁ではない。

　体面を保ちながら出来るレースは少ないし、おおむね勝者の内面も（意識するにせよしないにせよ）傷だらけだったりするものである。

　だから、レースをやりきれなく思うものが出て来ても不思議はない。そういう人間が現われなかったら、この世は一本調子で深度のないものになってしまうだろう（事実、そうなっているともいえるけれど）。

　たとえばテレビのニュースショーの記者で、俳優の情事の細かな経緯《いきさつ》を取材するのが嬉《うれ》しくてたまらないという人は、そんなに多くはないだろう。しかし、どのチャンネルもその情事をとりあげ、厚かましさを競っている。

何故《なぜ》なら、「なんだかんだいったって」そのスキャンダルをとりあげなければ、その局だけ視聴率が落ちるのだし、そんな危険を冒《おか》すわけにはいかないからだ。で、やる以上は、他局より更に根掘り葉掘りということになってしまう。

そこから逃がれる方法は、そう多くない。

一番いいのは、それほどやりきれない思いをしなくてすむ別の新企画で大当りをとることだが、それは容易なことではない。

仮に成功したとしても、それは結果の話で、企画の段階では「当り」はまったく保証されていない。だから局は、別の企画で「当り」を獲得するためには、一旦《いったん》いまスキャンダルで稼いでいる視聴率を断念しなければならない。一度、レースをおりる決心をしなければならない。

それは高視聴率の場合には相当に実行困難で、記者個人が「職を捨てる」という形でレースをはずれる方が実現しやすいかもしれない。

ともあれ、この作品を書くとき、私の中に、レースを「断念」するという形でしか自分をとり戻す方法がない、という事柄がいよいよ世界に触手を拡げている、という思いがあった。

レースに加わっている限り、レースの構造にがんじがらめになり、不合理でもモラルに反しても身体に悪くても嫌《いや》でたまらなくても受け入れなければならない条件が無数にあり、それらが私たちに容赦《ようしゃ》なく屈服を要求する。

無論レースは、私たちの切実ななにかについての欲求に応えるからこそ君臨しているのであり、だからこそ「断念」が難しいのだが、ではその難しい「断念」をした人間は敬意を表されるかというと、二、三十年前までは僅《わず》かに残っていたそうした価値観も今では色褪《いろあ》せて、「敗北」「弱さ」といった印象で受けとられることの方が多くなっている。

「沿線地図」はそうした時代の「断念」の物語であり、出来るなら輝かしい「断念」の物語にしたいと考えたのであった。

しかし、ファンタジーにするならともかく、あくまであり得るであろう水位で登場人物が行動する限り、いまの日本で「断念」はそれほど輝かしい軌跡を描けないにがくて片隅の物語となった。

（一九八五年）

あめりか物語 (1979)

ロサンゼルスで、私たちは一人の女性と逢《あ》うことになった。去年（昭和五十三年）の夏である。私たちというのは、このドラマを企画した山本壮太さんとディレクターの清水満さんと私である。

黒人と結婚をした日系の女性をさがしていたのである。そういう女性は数人分ったのだが、どの人も逢ってはくれなかった。私たちは、更に伝手《つて》を求めて、該当する女性と逢えないものかと願った。

何故《なぜ》そういうことを願ったかというと、日本で考えていたよりはるかにそういうケースが少ないことを知ったからである。

私たちはワシントンに住む、知的レベルからいえば問題なく上流に属する日系アメリカ人と逢い、黒人についての質問をしたことがあった。御夫婦とも日系人であり、二人の息子さんは白人の女性と結婚をしているという家族である。

もし息子さんが、黒人と結婚をしたいといい出したら、どういう態度をおとりになりますか？ と聞いたのである。

「そういうことは考えられない」というのが返事であった。息子さんは、そういうことを望むわけがないし、ありえないことだというのである。

勿論《もちろん》私たちは、それがありうることを知っている。戦後、日本へ進駐して来た黒人のアメリカ兵と日本女性との結婚は、めずらしいことではなかったし、黒人と白人の結婚をあつかったアメリカ映画を見たこともある。日系アメリカ人と黒人との結婚がありえないという返事は、穏和で知的な御夫婦には似合わない乱暴なものに思えた。

「あなたがたは、現実を知らない。それがどういうことなのか知らないのです」と御主人は、おだやかにいわれた。

「いやそうかもしれませんよ」と、その返事について、別の日、日本の大学教授はうなずかれた。「黒人と結婚した日系の女性は、日系人社会の外へ出たと見なされてしまうところがあります。たとえば日系人たちの大ピクニックなどにも誘われない。といって黒人社会にも、日系人はなかなかとけこめない。非常に孤独な生活を送っている女性を知っています」

白人と黒人の結婚でも、その結果いろいろなグループから疎外され、うまく行っていないケース、孤独なケースが多いという。

よくアメリカは人種の「るつぼ」だといわれる。しかしむしろそれはモザイクとでもよばれるべきで、人種と人種は溶け合わずに劃然《かくぜん》と社会を別にしている。その区別を侵すものは、それ相応の思いを覚悟しなければならない。そのあたりの事情は、かなりの本を読んでいたにもかかわらず、日本で想像していたよりはるかにきびしいものがあるようであった。黒人と結婚した日系の女性が、一様に私たちと逢おうとしないというのも、異人種間の結婚のむずかしさを物語る証左のひとつと思えた。しかし、これが白人と日系人の場合であれば、事情は余程ゆるやかなようである。黒人との結婚にはきびしい日系人社会も、白人との結婚はむしろ歓迎する空気があるようであった。とはいえ、それを簡単に日系人の黒人に対する偏見といっていいものかどうか。理性によって克服されるべきもの、と決めつけていいものかどうか。少なくとも、単一民族の日本から来た私たちが、性急に判断すべきことではないように思えた。それにしても、日系アメリカ人の中では、ほとんど考えられないこと（つまり黒人との結婚）を、たとえ数人であれ、実行に移している人がいるのである。その人たちの、考え方や生き方や現実に、私たちはなんとか接したいと思うようになったのであった。

そして、八月中旬のある夜、私たちは、日系の女性と、その黒人の夫君と、お目にかかることが出来たのである。

ロサンゼルスのレストランであった。

当惑したのは、御夫君が一向に黒人に見えなかったことである。むしろスペイン系というように思えた。航空会社勤務の恰幅《かっぷく》のいい中年の男性であり、微笑を絶やさない紳士であった。

「幸福です」と奥さんはいった。日系人からの疎外感などないし、疎外されてもいないといった。二人のお子さんの写真を見せて下さる。おどろくほど可愛《かわい》い。無論、幸福なら結構なことである。予期したような話がなかったことは、むしろめでたいというべきである。

「現実というものは、一枚も二枚も上手《うわて》だね」と、別れてから私たちは、日系人の多くが「現実」だと思っているものが、実行に移した人たちにとっては現実でもなんでもない、というようなことについての感慨を話し合った。

ところが翌日、UCLA（カリフォルニア大学ロサンゼルス分校）のリサーチ・ライブラリイにいる私のところへ、前夜の夫人が話をしたがっているという連絡が入ったのである。すぐお宅へ電話をかけた。

するど前夜の話は嘘《うそ》ではないが、話していないことも多いのだ、というようなことをいわれた。

「どんなことでしょう？」

ためらっている夫人の気持をこわすまいとして、私は出来るだけおだやかな口調で尋ねた。

まず、夫人は、結婚して日系アメリカ人となった方であり、それまでは日本で育ちアメリカを知らなかったのであった。夫君が航空会社の日本の支社勤務の時に知り合い、愛し合って一緒になり、それからはじめてアメリカの土を踏んだのである。

そしてそれまで、夫君を黒人だとは思ってもいなかったというのである。

「だってほら、黒人になんて見えないでしょう?」

「ええ」その通りであった。

ロスへ来て、夫君の御家族と対面して愕然《がくぜん》とした。「親戚からなにから、みんな間違いようもない黒人なんですもの」

御夫君とその兄弟だけが、白人との混血なのであった。

「私は黒人が嫌いです。いまでも黒人との交際はしないし、黒人の家にはいかないし、黒人のつくったものは食べない。主人が、黒人のパーティへ行く時は、仮病をつかって行かないし、主人を別にするのはなんだかおかしいかもしれないけど」黒人とは、どうしても打ちとけることが出来ない。黒人は「汚いし、くさい」と激しい言葉が続いた。

私は、なんとこたえていいか分らぬまま話だけを聞き、礼を述べて電話を切った。

「汚いし、くさい」

これはかつて日本人の移民が、アメリカへ渡った時、白人から投げつけられた言葉である。「黄色くて、礼儀知らずで、しゃべれなくて、頭が悪くて、かたまりたがって」（今でも、それに類する言葉が、日本人に向かっていわれていないという保証はない）。

その日本人が、黒人に向かって、ほぼ同じ言葉を投げつけているのである。

そしてそれを、私たち（日本にいる日本人）は、どれほど裁く資格があるであろうか？

アメリカへ渡った日本人について書くことは、誇らしいことであり感動的なことでもあったが、同時に、にがくもあり、口惜《くや》しくも悲しくもある体験であった。

アメリカを発《た》つ朝、ニューヨークの空港で、日系のアメリカ人に紹介された。

「ジャパニーズ・アメリカンノセイカツヲ」とその人は、日系人独特の日本語でいった。

「ニッポンジンガ、シツレイダガ、ナニヲカクコトガデキルデショウカ？　ワカラナイニチガイナイ、カケナイニチガイナイ、ネバー」

ネバーと、ほとんど敵意のようなものを露《あら》わにしてその人は嘲笑《ちようしよう》的であった。

私は敵愾心《てきがいしん》をかきたてられた。

（一九八五年）

獅子の時代 (1980)

この物語の主人公たちは、架空の人物でモデルはない。

私ははじめ、わが登場人物たちを描くことで、時代の転換期における「並の人間」の経験や日常に近づくことを意図した。横浜で外人宅へ勤めはじめた婦人が、英国製の大鏡にうつった自分を、前年亡《な》くした母親と錯覚して悲鳴をあげたとか、電信のための電線が張られたのを見て「日本もおしまいだ。唐人がここまで縄張りをした」と騒いだとか、そのような次元のエピソードをとりこめる水位の物語にしたい、と思っていた。

しかし、それは書きはじめる前に、出来ないことが分った。「大河ドラマ」が、ある時代を描くとき、見る人にその時代の大きな流れが頭に入るようにしなければならないという前提を思い知ったからである。

たとえば西南戦争を四十五分二回でやるとき、その中に、九州で戦争があることなど一向に知らず、嫁がはばかりで紙を使いすぎた、と騒いでいる東京下町の一家の話を入れるわけにはいかない。何より西郷隆盛とその周辺の動き、それに対応する大久保利通とその周辺の動きを描いて、西南戦争の大きな事情を見る人の頭に入れていただき、架空の人物もそれぞれその戦争に関わる存在として、次から次へ出来事を追って行くのでなければ、到底九十分でおさめることは出来ない。せめてその視点が、西郷、大久保、山県らを主役にしたものではなく、無名の存在を通したものであることで、水位をやや低くし得るのみである。

無論、その次元で「面白い物語」の緊張を維持して行くことは、それはそれでやり甲斐《がい》のある事であり、困難な仕事であったが、書きながら絶えず「枝葉」として切り捨てざるを得ないエピソード、登場人物たちの「なにげない日常」への哀惜《あいせき》があったことは事実である。

それは制作者が、私になにかを強制したというような事ではなく、ただひとつ、「大河ドラマ」は、とりあげた時代の、大きな流れを見る人に分っていただく番組でありつづけて来たことによっている。

大きな流れ（つまり教科書にとりあげられるような水位の出来事）をドラマで、分りやすく見せるためには、主人公たちを、その流れに積極的に関わる人間として設定せざるを得ない。食べる米がなくて上野あたりであくせくしているうちに、西南戦争が九州で終ってしまった、というわけにはいかない。しかし、無名の人間にとって、歴史上の出来事は多くそのような形でありがちなものであり、そのように不分明なまま歴史がある方向へ動いて行く怖さを、現代と重ね合わせることこそテレビドラマがもっともよくなし得ることではないかと愚考するのだが、そのように描くことが出来なかった。これは誰のせいというようなことではなく、「大河ドラマ」でそのような事を意図した私の不明であるし、仮に意図通りに書くことが出来たとしても、興行的には失敗したことであろう。

ただ、なまじそのような意図があったために、大久保利通を主人公にしたドラマなら、簡単に描ける明治六年政変が、それに関わる苅谷嘉顕という架空の存在を通さざるを得ない、という、いわばいらざる苦労を各所でしなければならなかった。

歴史の上層に関わらぬことによって無名の存在であるはずのわが主人公達が、ドラマが上層の動きとはなれることが出来ぬために、陰に陽に上層と縁を持ち、明治前期の歴史的事件に、積極的に関わらざるを得ないという、ひき裂かれた思いをしなければならなかった。

一方、架空の人物であるからこそ、明治前期の主要な事件を、ドラマの中に網羅し得たという利点もあり、消極的な部分を書くスペースがなかったことが、主人公たちに力をあたえ、ヒーローらしい魅力を多少ともそなえさせることが出来たといえるかもしれない。

いずれにせよ、私にとって、二度と出来ない思いの大きな仕事であった。この作品に関わった一年四カ月は、この作品だけに傾注した悪戦苦闘の日々であった。

（一九八〇年）

午後の旅立ち（1981）

人間にはいろいろな二種類があって、たとえば、海辺に生まれるとそのまま海辺を愛してしまう人と、生まれた海辺は嫌いになって山とか街を求めてしまう人がいる。ヤクザっぽい人にもそれに似た二つのタイプがあり、生まれた家がヤクザっぽくて育った世界もヤクザっぽくてそのまま本人もヤクザっぽいというタイプと、地方の旧家のぼんぼんとか、東京でいえば世田谷あたりの品がいいような両親のもとに生まれて、その微温性偽善性とかに反撥《はんぱつ》してヤクザっぽくなっているというようなタイプがある。

新宿のバーで黒い皮ジャンの左眉に傷のある怖いような男に話しかけられて、ただもう怒らせまいとして、連れなどそっちのけで調子を合せていたら、傷はタクシーに乗って遭った交通事故のせいで、父親は病院を経営し姉妹の中のたった一人の男の子で、いまでも夏は軽井沢で、母親が淋《さび》しがるので「また行かなきゃならねえ」などと凄《すご》くもなんともなくハードボイルドを装っているだけの人だったことがある。

この作品を書き出した時の私の心的傾向には、その病院経営者の息子の内面と似たところがあり、目前の現実とは別のものを求めたのであった。

即ち、善意の物語である。

そのころ計算や傲慢《ごうまん》や無神経にやや多量にとりかこまれていて、なにかとても善意の人々を描きたくなっていた。ちっとも凄んだりしない人達の物語を書きたかった。とはいえ、メルヘンというようなものを狙ったのではない。現代の日本に存在し得る善意の物語を描こうとしたのである。

主観的には、意図を達したという思いでいる。

大和書房から作品集を出して貰《もら》えることになって、「岸辺のアルバム」「男たちの旅路」に続いて、この作品を選んだのは、多少この作品を冷遇したという思いからである。

前記の二つの作品は、私の紹介、略歴といったものには、ほとんど必ずといっていいほど書き出される。それに比べて「午後の旅立ち」は、そうした欄にまず書かれることがない。私自身が略歴を書く時も、この作品を書くことは少ない。

それが、なんだか悪いような思いがあった。どこかで、いい席をあたえたいと思っていた。

これから書くことは少し角が立つのであるが、この脚本はあまり恵まれなかったという気がしているのである。スタッフ、キャストとの相性があまりよくなかった。従って私には、放送されたドラマを自分の代表作の一つとはしたくないが、脚本に関してはそうしてもいいという引裂かれた気持があるのである。とかく脚本を書く人間というものは、女々しくそういうことを思うものであるが、この作品についてはその思いが少し深いのである。

こんなことはしかし私の勝手な愚痴《ぐち》であり、はたから見れば、なにをいっているのか、というようなものかもしれない。

全部放送が終って数日後、演出の久野浩平さん、プロデューサーの千野栄彦さん、岩永恵さんと六本木で酒をのんだ夜があった。

まだほんの二口か三口のんだところで、岩永さんが背筋をのばしたのである。

「いいですか?」といった。

それから傍らのカバンをひきよせファスナーをゆっくりあけ、大切そうに一通の葉書を出したのである。

「読めますか?」

「なにが?」

「これです。この差出人の名前です」

達筆であった。しかし、読めないというほどのことはない。私には、いわゆる純文学の世界の高名な女流作家の名前というように思えた。

「本文をどうぞ」と千野さんがいう。

この作品をほめて下さっているのであった。絶讃である。

「しかし、ああいう人がテレビドラマを見るでしょうか？　しかも連続ドラマを。よしんば御覧になったとしても、こんな風に葉書をお書きになるでしょうか？」

「うーむ」

四人とも、なんだか信じられなかった。日頃は、テレビドラマの世界には自分のつくっているものに誇りを持たない奴が多すぎるなどといい合っていた四人なのであるが、純文学の小説家が「テレビドラマなんか」見るかなあ、とたちまち気弱になってしまったのである。

「午後の旅立ち」係という宛先であった。

「どう見たって、あの人ですよねえ」と岩永さんは何度もいった。「前になんかのグラビアで筆跡見たけど、これですよ、そっくり」

翌日、プロデューサー二人は、おそるおそるその文学者のお宅へ電話をかけたのである。

やはり、お手紙を下さっていた。

これはなにかの勲章でも貰ったようで、みんな大喜びであった。

出来ればそのお名前と葉書の全文を引用したいのであるが、それにはその方のお許しをいただかなくてはならない。しかしあれから四年もたっているし、気が変っているかもしれないし、テレビドラマをほめたなんてことは、あまり知られたくないことかもしれないし、とまたまたテレビライターの気弱が頭をもたげ、どうしてもお気持を伺《うかが》うことが出来ない。文面は、私の内心の思いとちがって、スタッフ、キャストのすべてがよかったというように書かれていた。多分、その方が正確なのであろう。
ともあれ、こうして脚本を作品集に収録することで、漸《よう》くこの作品に位置をあたえることが出来たことを、嬉《うれ》しく、ありがたく思っている。

（一九八五年）

想い出づくり。（1981）

夜、寒い部屋で、急に孤独がもくもくと湧《わ》き上って来て、救いを求めるようにテレビをつけてガチャガチャやってもつまらないのばかりで、タレントがワハハなんて陽気にやっているのもしらじらしく、ドラマは殺人事件や綺麗《きれい》な女の恋の悩みかなんかで、といって若い娘が九時すぎに外をほっつき歩くわけにもいかないし、友だちに電話すると、どこまで本当か分らないのろけかなんか聞かされそうだし「あーッ」と寒くもないのに声がふるえて気持のやり場がなく、二時すぎても眠れず三時をすぎても眠れず、しかし翌朝は七時に起き、八時半には工場の機械の騒音の中で働いている。寮にいた方がよかったかな、と思う。「一人でアパート暮しっていうのは夢だったんだけど」

昼休みに、係長とテレビドラマのライターとかいうのが近づいて来て、いろいろ話を聞きたいなんていう。

「六本木や原宿あたりなんかは行かないの？」なんていう。そりゃあこれでも東京へ出て来て住んでるのだから、何度か行ったことはあるけど、あそこらで生き生きできるなんて事はなくて、見物って感じで、それにもうオバンだし――。

「オバンていくつ？」

「二十三」

「二十三でオバン？」

でも、周りがそういう風に見るのよねえ。「そろそろねえ」「お相手は？」「頑張《がんば》らなくちゃ」「まだなの？」って牛を柵の中へでも追い込むみたいに、結婚の中へどんどん追い込まれていくような気持するのよねえ。モチロン結婚が嫌《いや》っていうわけじゃないんだけど、早くしなきゃどっか欠陥があるみたいに見られるなんて、やっぱりちょっと頭へ来るし、といって結婚以外にさき行きになんか希望があるってわけでもないし――。

というような若い女性三人の物語を書きたいと思ったのが一九八〇年の春で、一九八一年の十月二十六日にこのドラマに関係した大半の人々が、赤坂のパブレストラン「マンハッタン」に集って「打上げパーティ」なるものをした。その日で全部が終ったのだった。

のぶ代と久美子と香織が、ドラマの中でのように酔っぱらって、三人で歌をうたったりした。それをちょっと立ち入れないような顔で見ている典夫も、まだ半分ドラマから抜けきれていないような雰囲気だった。その典夫は柴田恭兵。のぶ代は森昌子、久美子は古手川祐子、香織は田中裕子。

出来たらこのシナリオは、そうした人々を思い浮かべて読んでいただきたいと思う。みんな素晴らしかった。

＊

と——ここまでは六年前に出した脚本集の「あとがき」である。

六年の間に、森、古手川の二嬢が二夫人になった。田中裕子さんだけが一人だが、ひとりで淋《さび》しいというような一人ではまったくない。今となれば、「想い出づくり。」も、彼女だけひとりを通すという結末の方がよかったか、と思わないでもない。実は、放送が終ったあたりから、何故《なぜ》三人とも結婚してしまったのか？　一人ぐらい結婚しないで生きていくということでもいいではないか、という反響が少くなかったのである。

私も書きながら、そう考えたこともあった。

ただ、それはいま一番常識的な結末なのである。

「結末をどうするか？」という会議をテレビ局でひらいたとする。すると、いまの時点では、その結末がまず絶対に多数の支持を得るはずである。一人結婚して二人は未婚というのでは、未婚の肩を持ちすぎる。なんといってもまだ結婚しない女性は少数派なのだから、二人結婚して一人しないというのが妥当であろう、という結論になるにきまっている。三人とも結婚というのでは、結婚しない女性を見捨てることにならないか？　などと多分いわれるだろう。

幸いそんな馬鹿な会議はひらかれなかったから、私は自分の考えで書かせていただいたが、テレビ局の趨勢《すうせい》としてはそのような会議をひらいてドラマをつくろうという方向に動いている。

ライターの書くままにさせておいて、いいわけがない。テレビドラマを一本つくるには多額の予算が必要であり、何より商売なのである。視聴者の嗜好《しこう》を調査し、時代の変化のデータを集め、なるべく多数の人の要求にこたえなければならない。いまは、はじめて逢《あ》った人とのセックスについては何パーセントはこれこれで、何十パーセントの人はこういう考えと願望を持っているから、登場人物の行動は何十パーセントの人々の考えと願望を尊重しなければならない。

そのようなデータ会議に基いてドラマをつくれば、もっとヒットする作品が出来るはずだとひそかに考えている、あるいは公然とそう主張するテレビ局のスタッフは少くないのである。

実をいえば、彼らの考えと私の姿勢はそれほどかけはなれているわけではない。私も、テレビドラマをエンターテインメントだと思っているし、なるべく多くの方々に楽しんでいただけるものにしたいと願っている。多くの人の要求にこたえたいと思っている。

しかし、書く上でデーターなどというものの役割りは、ほんの少しなのである。それは、実際に書いてみれば自明のことなのだ。いくらこういうタイプがいま支持されていると分っていても、つくり手がそれを自分のものに出来ない人物は、書いても見る人の心を捉《とら》えることが出来ない。どうしても、いきいきしない。ところが一方、いかにいまの時代の多数の嗜好に反しようと、つくり手が没頭出来、概念ではなく、まるごとの存在として描くことの出来る人物を手に入れたら、結局のところその方が見る人の心を摑《つか》むのである。そのようなドラマの怖さを、つくり手は知っている。ライターだけではない。演出家も俳優も知っている。自分の座標をそう簡単に移せるものではないことを知っている。また簡単に動かしては人の心を摑むことが出来ないことも知っている。

その上で、データーに耳をすますのである。しかし、データーよりは、ずっと多く自分のアンテナに集中する。いまどんなドラマが求められているか、その空気のようなものを捉えようとする。そして、その空気と自分との接点をさぐるのだ。別に、ドラマを神秘化する気はないが、一人の人物をつくるには、なにかしら、とても極私的な、たとえば幼児体験さえ含めた個人的ななにものかを必要とするのである。

私も人との合議をやみくもに嫌っているのではない。人にもよるが、プロデューサーやディレクター、俳優との議論の中で脚本をつくって行くことは、むしろ好きな方である。しかしそれは、相手がそのような個人的ななにものかに基いている範囲でだ。自分の趣味嗜好は一切抑圧し、新聞や週刊誌の傾向、アンケート調査の結果などを根拠に介入して来る人には、時に憎悪を感じてしまう。

いま多くのドラマが、個人的ななにものかを踏みにじられている。データーによって合成されている。だから中には、ドラマの魅力で人を捉えるより、人気のあるタレントが登場し、ドラマの人物としてではなくそのタレントの素の魅力が露呈した部分で人を捉えるという倒錯した効果で成立している作品もある。

「想い出づくり。」は、優秀なスタッフによって、それらの趨勢からガードされて書くことが出来たという思いが深い。

しかし、それでもなお、私は自分の内部の通念を警戒しなければならなかった。私の考えによれば、一人が未婚のままで二人は結婚する、というのは、殺人を犯した登場人物がドラマの最後で逮捕されるという「ありきたり」に似たつまらない結末に思えたのである。おさまりがよく、観る方々もなめらかに納得することは確かだけれど、それで終ってしまうではないか、という気がした。三人が結婚した、という波風を立てたかったのである。その方が、どうして？　他の生き方もあるんじゃない？　というように、本気で物語を受けとめてくれるような気がしたのである。錯覚かもしれない。ともあれ前に何度も見たことのあるような最終回を書きたくなかった。
そのような我儘《わがまま》が許される仕事は、年を追って減って行くという気がする。そしてドラマはより一般性を獲得するかもしれない。しかし、その分魅力を失うはずである。ドラマも人間と同じで、欠点を含めて一つの存在なのである。欠点を正せば更に魅力を増すだろうと、一つ一つ欠点と思われるところを正して行くと、いつの間にか観る人を捉える力も失っているのである。そのあたりが、ドラマの面白さだと思っている。

（一九八七年）

タクシー・サンバ（1981）

タクシーに乗るのが、気が重かった時期がある。必ずといっていいほど嫌《いや》な思いをした。ほとんどの運転手さんが、機嫌が悪かった。お願いして乗せていただくという感じになり、おりる時は大抵もうなるべく乗るまいと思った。

あれはなんだったんだろう、と時々思う。

敗戦後しばらくの、なにからなにまで物がなかった頃は、物を売る人はどこでも愛想などなかった。「すみません」とか「ありがとう」というのは買い手の方であった。それがそうではなくなった昭和三十年代になっても四十年代になっても、タクシーの運転手さんだけは、不機嫌だった。

友人の一人は、腹を立て、たち回りを演じた。夜半、東京の都心から八王子まで行って貰《もら》うことで乗ったのだそうである。遠距離である。それほど悪い客ではないつもりだったのだが、三十代のドライバーは走り出すと溜息《ためいき》をついては「ああ、いやだ」と何度もいうのだそうである。

「なにが嫌なの？」とついへつらうような口調になって友人が聞くと、

「走るのが、やなんだよ」と吐き捨てるようにいうのだそうである。余程おりて他の車に乗り替えようと思ったそうだが、すでに甲州街道に入っており、夜中にタクシーが拾えるかどうか分らない。

溜息と「ああ、いやだ」という独《ひと》り言《ごと》に耐えて八王子が近くなった。街道を折れて、川原に接した土手の道へ入る。あと二キロほどで自宅だというところで、タクシーが停《とま》った。

「おりてくれ」というのだそうである。

「夜中に、こんな所で、そんな事をいわれても困る」と友人が断ると「これ以上運転したくねえんだ」という。「おりろ」という。「金はいらねえ。おりやがれ」という。これでは誰だって喧嘩《けんか》になる。川原で殴り合いをしたそうである。

これは特殊なことだが、しかし聞いた時、いかにもありそうなことだ、と思った。タクシーには、そういうなにかけわしい空気があった。

労働条件が余程ひどかったのか、客に比べて車が相当足りなかったというような事だったのだろうか？

その頃私も自分の仕事が嫌で仕方がなかった。当事者になれば友人以上に怒ったかもしれないが、ただ話だけ聞くと、運転手の溜息もよく分るし、つい「ああ、いやだ」といってしまうやりきれなさも、自分の事のように共感出来た。途中で客に「おりろ」といってしまう投げやりな気持も、そりゃあそういう時もあるさ、というように思えた。誰かれかまわず、後ろの座席に乗せて走らなければならない仕事である。時に「おりろ」といいたくなっても、無理はないのだという気がした。今でも私は、乗車拒否をあまりきびしく禁じるのはどういうものか、という気持が少なからずある。無論乗る側としては、拒否されない方がいいに決まっているが、見ず知らずの他人を後ろに乗せて何処《どこ》へでも行かなければならない仕事に、多少の選択権はある方が人間的なことに思えてしまう。

　その頃、東京をはなれてタクシーに乗ると、とても気持がよかった。親切なのである。つまりそれだけ大都会のタクシーの仕事は過酷なんだな、と思った。ところがこの頃は、東京で乗っても名古屋、大阪で乗っても、それほど嫌な思いをすることがなくなった。しかし、道路事情はむしろ悪くなっている。仕事の大変さは、むしろ大きくなっているのではないだろうか？　ところが、タクシーは随分変わった。不機嫌をあからさまに見せつけられることが少なくなった。それが労働条件の改善や収入のアップのせいならいいが、発散していた不満を、諸般の事情でただ抑えているなんていうのでは、あからさまな不機嫌より怖いような気がする。

　そんなこんなで、私は長いこと、タクシーに乗るたびに、この人は何故《なぜ》こう不機嫌なんだろう何故不親切なんだろう何故ラジオを大きくかけているんだろうと、後ろ姿を見ながら、運転手さんの生活を想像した。そして、いつの頃からか、タクシーという仕事を中心にしたドラマを書きたいというように思いはじめていた。

もう十年ほども前になるが、横浜でタクシーに乗り、雨が降りはじめたことがある。車は町をはずれて、住宅地の道を走っていた。冷い午後で人通りもなく、それでも時折信号があり、車だけが何度か止まった。そのひとつで、急に運転手さんが「お客さん、乗せてやろうか？」というのである。

見ると、進行方向に、母親らしい女の人と小学校五、六年の男の子が、雨に濡れてタクシーをさがしているようなのである。

「いいね」とすぐ私はいった。そんなことをいうタクシーがいるのが意外で少し大きな声になった。

「どこまでですか？」

「×××へ急いでいるんです」

「どうぞ」

行き先は、通り道だった。

「おかげさまで」

「運転手さんが、いい出したんです」

「そうですか。ありがとう」

「タクシーが、あんた、この辺でつかまるわけがねえから」

規則からいえば違反行為なのだろうが、とても気持のいい経験だった。私は、その時の母子《おやこ》の短い会話に触発されて、それから二年後にかなり長いドラマ（「藍《あい》より青く」）を書いている。その時、なんとかその運転手さんに似た人物を登場させようとしたのだが、果さなかった。

そんなこんなで、随分前から、タクシーを書きたかったのである。しかし、走る車の中が主な舞台になるというのは、書くのも大変だが、撮影は更に厄介である。夜の場面も、どうしても多くなるから、徹夜のロケなどをたびたびしなければならない。そういうこともあって、私がそのプランを人に話しても、やろうという人がいなかった。

漸《ようや》く、NHKの土曜ドラマというところが、乗ってくれたのである。

ところがいざ書こうとして考えはじめると、タクシーの運転手さんの生活をほとんど知らないのである。タクシーに乗るたびに運転手さんと話し、いろいろ聞いていたつもりだが、書くとなると分らないことが沢山あるのにわれながら呆《あき》れた。人間、他人の職業については知らないものである。

で、取材をはじめた。その取材は、十六、七年になる私のドラマライター暮しの中でも、特別忘れ難い取材であった。

とりわけある中堅クラスのタクシー会社の営業所で一夜をあかした時の楽しさは、以後つい何度も誰彼に話したくなってしまうほどであった。

営業所の隅に腰かけさせて貰って、夜中の三時すぎあたりからぽつぽつと帰ってくる運転手さんたちの仮眠所へ行くまでの動き、会話をそれとなく見せていただいたのだが、第一にあんなに明るいとは思わなかった。朝の八時から深夜まで働いて帰ってくるのである。疲れて、不機嫌に入って来るとばかり思っていたのだが、日誌と金を持って入って来る運転手さんの誰もが、実に陽気なのにおどろいた。

一人だけ追突されて、客を病院に連れて行った人がいて、その人はさすがに営業課長にがっかりしたような顔で説明し相談していたが、あとは大声で、笑い声が絶えない。計算を終えて課長に金を渡した人も、なかなか仮眠所へ行かない。いなくなったかと思うと、自動販売機からカップ酒や缶ビールを買って来て、のみながら現れる。そして、その日あったことだの、次の休みにゴルフに行く話だのを大声で話す。その会話の面白さに、私はほとんど顔をあげる暇がないくらいであった。メモをとっていたのである。次々と面白い「台詞《せりふ》」が出てくるので、勿体《もったい》なくて書き落せないという気持であった。こういう運転手さんの生活を、みんな知らないな、と思った。家族の人だって知らない。それをなんとかドラマの中で再現したいと思った。出来たら一回分営業所だけでも面白く見せられると思った。
ドラマを三本書いたが、まだまだなにも書いていない気分である。汲めども尽きぬタクシーの世界と思っている。

（一九八二年）

終りに見た街 (1982)

「終りに見た街」は、同名の自作の小説の脚色である。戦争体験を昔話という範疇《はんちゆう》からぬけ出した形で書くことは出来ないかと、あれこれ考えた末の小説だった。

小説の「あとがき」の一部を引用する。

＊

小学校の五年生の夏に、私は敗戦を迎えました。その年のまだ寒い頃、つまり戦争の末期のある日、教室で担任のE先生が、原子爆弾の原理について、かなりくわしい説明をしてくれたのを憶《おぼ》えています。当時はたしか「特殊爆弾」といったはずですが、先生は理科教育に熱心な方で、一時限全部を使ってその説明をなさったのです。

時間のあとの、私たち生徒の興奮を、今でも生理的な記憶とでもいった感じで憶えています。

無論、原理についてでは、みんなほとんど分らなかったといってもいいでしょう。問題はその爆弾の威力と、それが日本の学者によって、ひそかに完成に近づいているという部分でした。完成の暁《あかつき》には「ワシントンに一発、ニューヨークに一発落せば、戦争は日本の勝利で、たちまち終ってしまう」というのです。「すげエなあ」「絶対じゃんか」などと私たちは、この爆弾が一日も早く完成して、アメリカの都市の人々をみな殺しにしてくれることを心から願ったのでした。

事実はその反対になってしまったわけですが、あの時の先生の目の輝き、私たちの興奮を思い出すと、原爆についてアメリカを非難したりすることが出来なくなるのです。アメリカ人が「お前たちはパールハーバーで汚なかった」というと「そっちは原爆を落したじゃないか」と日本人がいい返すという会話のパターンが敗戦後あって、それは今でもなくなっていないように思うのですが、アメリカ人は原爆を落すについて、かなりの道徳的逡巡《しゅんじゅん》があったと聞いています。関係者の中には、のちに発狂した人もいるとも読んだことがあります。子どもの頃の小さな記憶をそれに対置することは滑稽《こっけい》ですが、もし日本で原爆が完成していれば、アメリカ人よりずっと迷わずに、私たちはそれを落してしまったのではないか、という気持が私の中には、消し難くあります。

「中央公論」が別冊で戦争体験の特集を出そうと考えている、という話を聞いたのは、今年（一九八一年）の一月の末、編集部の高橋善郎さんからでした。なにか書く気はないか、といわれ、すぐ頭に浮かんだのはその教室の興奮でした。そうした体験を入念に思い出して、その意味を自分が「なつかしさ」や「通念」でとりちがえていることはないか、と細《こま》かく確かめて行くことは出来ないか、と思いました。しかし、なにせ小学校五年生どまりの体験では、いかにも材料にとぼしく、多くの体験手記にたちまじって存在を主張する自信がありません。

「いや体験手記を書いて貰《もら》おうとは思わない。形はなんでもいい。たとえば自分の子どもに、あなたなりに捉《とら》えている第二次大戦の現実を書き残す気持になってみないか」と高橋さんはいいます。

返事を一カ月、待って貰いました。そもそも自分にそのようなものを書き残す欲求があるかどうか資格があるかどうかからはじめて、いろいろに迷いました。

結果はご覧のような一種の「体験手記」となったのですが、書き終えてみれば、他に書きようはなかったという思いがあります。

＊

小説は一冊の本になる分量があり、とても正味一時間半という長さでおさまる内容ではないのだが、舞台の大半が第二次大戦中の日本で、一種のSFとなると、いまのテレビドラマの状況では、連続ドラマでは企画が通らないのである。

それどころか、いわゆる「二時間ドラマ」としても「冒険」だといわれ、プロデューサーの千野栄彦さん岩永恵さんは、実現まで相当の御苦労をなさったようであった。いかにドラマの企画の許容の幅が狭いかを改めて感じた。作品はスタッフの熱気に支えられて、原作をはなれ、充分存在を主張出来るものになったと思っている。

とりわけラストの死の街の描写は力のこもったもので、細川俊之さんの瓦礫《がれき》の中の姿は忘れ難い。

そして更に、そのあとに続くスタッフ、キャストのタイトルバックがよかった。脚本にはなかったもので、撮影に入ってから相談を受けた。グッドアイデアで、すぐ賛成したが、出来上ったものは予想を上回っていた。

死の街の静寂から突然明るくヴィヴァルディが流れ現代の日本のさまざまな映像がモンタージュされ、それがまた一瞬にして原爆でふきとんでしまうという編集は、演出の田中利一さんの功績である。脚本集にまとめるにあたり、田中さんの力であることを書き留めておく。

（一九八五年）

季節が変わる日（1982）／ながらえば（1982）／三日間（1982）

「季節が変わる日」は、「西武スペシャル」という年数回企画される二時間のドラマの一本として書いたものです。

スポンサーは西武一社で、書く前に会長の堤清二さんと夕食をとるのが、恒例になっているといわれました。

こういうことは、はじめてで、少し気が重いことでした。いろいろ注文をつけられるのではないか、と思ったのです。堤さんといえば、辻井喬という筆名で、詩も小説もエッセイもお書きになっており、そのいくつかは、私も読んでおりました。権力を持った人の作品について讃辞を述べるのは、へつらいととられそうで、妙に平静でなくなるのですが（そして、こういう気持は、文学関係の人にはより強くあるでしょうから、作家としての堤さんは、その地位のせいで、かなりワリをくってるのだろうな、などと思ったりしましたが）ひかえめにいっても、その文章や狙っているものの質の高さは、凡百のテレビドラマの比ではないわけです。わけの分らない無茶なことはおっしゃらないだろうけれど、逆に半専門家的な、さからいにくいが、現実的ではない注文を出されるのではないか？　いやいや渋谷の淋《さび》しい坂道を「公園通り」という繁華街にかえてしまった人が、そんなズレたことをいうはずがない。では、一体どんな事をおっしゃるのか？　そんなこんなで、緊張や警戒心や好奇心やらを複雑にかかえこんでレストランへ出向いたのでした。

堤さんは、半ば予想はしていましたが、気軽で率直で、ほどのよい節度を失わず、会長という地位を背負いながら、私に心理的な圧力をほとんど感じさせませんでした。見かけよりよほど精神の訓練を積んでいらっしゃるのではないか、などと思いました。

「書きたいものを書いて下さい。視聴率など気にしないで下さい」

雑談以外にいわれたことはそれだけでした。無論そういわれても「実戦段階」では、時間帯、視聴者、テレビ局の意図、演出家（久野浩平さん）の向き不向きなど、無視出来ない条件はあるのですが、それらについての裁量をライターにまかせて下さったことで、以後の仕事がどれだけやりやすくなったか分らず、終始気持よく仕事をさせていただいたことを御礼申上《もうしあ》げたいと思います。

作品は、秋から冬にかけての中年男女の恋物語です。一見、美しい映像を重ねたムーディな作品というように見ていただくのが狙いです。そのためには各場面が豊かな、しかしこれ見よがしではない官能性を湛《たた》えていなければならず、八千草薫さん岡田真澄さんをお願いしたのも、主としてそのような狙いからです。作品から緊張を強いられることを嫌う人々にも充分こたえることが出来、しかし見る人によっては、あれこれ別のものが見えて来るというような多層的な姿を持つことが出来ないものか、と意気込んだのでした。

「ながらえば」はＮＨＫの名古屋局のために書いたものです。

数年前、東京のＮＨＫで私は「上野駅周辺」というドラマを書きました。その時のプロデューサーの安部睦朗さんとディレクターの伊豫田静弘さんが、二人して名古屋へ転勤になったのです。ほぼ二年前のことです。私はお二人の誠実な仕事ぶりが好きでした。外連味《けれんみ》のない、丁寧《ていねい》なつくり方で、小さな作品でしたが「上野駅周辺」を私は大事に思っていました。伊豫田さんが、いよいよ名古屋へ出発する直前、私は溝口《みぞのくち》の食堂で、昼食を一緒にして別れを惜《お》しみました。その時名古屋局で一本一緒につくりましょう、という話になったのです。

具体化したのは、それから一年ほどたってからです。ＮＨＫでは一本だけの一時間ドラマを放送する枠がなく、名古屋局では十二年間一時間だけのいわゆる単発ドラマはつくったことがないというような事情があり、企画が通るのに時間がかかったようです。しかし、いくつかの特例が認められて実現することになりました。その頃には、私は笠智衆さんのことで頭が一杯でした。このドラマは笠智衆さん以外では駄目だ、と勝手に思いつめておりました。安部さんに、笠智衆さんを獲得して下さい、笠さんが出て下さらないなら、書く気は半減します、などと無理をいいました。

笠さんは、快諾して下さいました。喜び勇んで、私は机に向いました。こういう喜びは、シナリオライターだからこそで、小説家の知らない喜びだろう、などと憎まれ口をきいておきます。

作品の内容については、贅言《ぜいげん》は無用でしょう。作品を書きながらも、出来るだけ説明をはぶき、出来事だけを書いて行くという姿勢をとりました。出来上りは一時間ではなく、六十五分という厄介なことになりましたが、それを無理に六十分にするというような作業をせずにすんだのには、東京局の何人かの人の応援があったと聞いています。

ドラマは一人ではつくれない、という当然のことが、改めて胸に沁《し》みた作品でした。

「三日間」はTBSの東芝日曜劇場のために書きました。

一時期、彌生書房から「あるとき」という地味ですが質のいい雑誌が出ていたことがあります。そこに七十枚ほどの短篇小説を書いたのが、原作といえば原作です。雑誌の質がいいわりには、私の小説はたいしたことはありませんでしたが、主題については、ちょっと気に入っておりました。

プロデューサーの石井ふく子さんから、書かないか、というお誘いがあり、ふっとその小説を思い出しました。

シナリオは、小説とはかなり違ったものになってしまいましたが、三日間で数年間の不在の埋め合わせを出来るだけしようとする三流会社の外国勤務の夫と、姑をかかえて古家をまもる妻のいじらしさのようなものが、どのくらい出るかが勝負だと思っております。普段あまりこういう役をなさらない若尾文子さんに、いってみれば「汚れ役」をお願いしたわけで、そのあたりの味がどう出るか、鴨下信一さんの演出を信頼して、小品ですが忘れられない一作です。


（一九八五年）

早春スケッチブック (1983)

　ちょっと持って回ったつくり話をします。なんでもいいのですが、たとえば、ある忙しい父親が、思いがけず夜の仕事の予定がなくなって家へ電話をかけるとします。「夕飯、みんなで何処《どこ》かで食べよう」「土曜日よ、パパ」と夫人がいいます。「だからなんだ？」「何処へ行ったって満員よ」「ちょっと待ってればあくさ。六時には帰る」

　帰ると中学二年生の娘ははしゃいで「なにを着て行こう？」などといっている。長男の高校一年生は、友だちと映画へ行っておりません。小学校六年生の次男は塾が六時半までで、これもいない。「パパは、急にいうんだもの」「急にあいたんだ、仕様がないだろう」とセーターに着替える。

　そこへ、おばあちゃんが出て来て「久し振りで、うなぎなんかいいねえ」という。「そうしましょう」「うなぎ？」と娘はがっかりしてしまう。「もうちょっと面白いものの食べたいわ」「面白いって、なんだ？」「駅の向うに、すっごく洒落《しゃれ》たイタリア料理のお店が出来たのよ」「あ、あれ駄目」と夫人、「あそこ見かけ倒しで、全然おいしくないんですって」「あら、ユンちゃんが、おいしいっていってました、家中で行ったって」そのあたりで次男が帰って来て、それならもう「マクドナルドのビッグマックでまとめたい」などという。まったく子どもというのは思いがけないことをいうもので「なにも久し振りなのにマクドナルド行くことないでしょう」と夫人と娘が声を高める。すると、急におばあちゃんが泣き出して「いいよ、私は。留守番をしてますよ」とぺたりと座りこんで、両手で顔をおおってしまう。

「ちょっとおばあちゃん、なにもうなぎをやめたわけじゃないんです」「いいのよ、どうせ」「みんなの希望を聞いただけでしょう。何処へ行くかは、私がこれから決めるんです」

電話がかかって来る。仕事である。「やっぱり予定通りってことになってね。悪いけど、これから来て貰《もら》えないかな」

それを聞くと夫人も娘も次男までが――というような具合に、さしたる問題のない家族でも、暮して行くというのは、無数の些事《さじ》を克服して行かなければなりません。

そんなある日曜日、長いことインドで暮している旧友が訪ねて来ます。一時帰国です。大学の医学部を出て、福井県の無医村での数年の後、インドで癩《らい》患者と共に十数年をすごしているのです。痩《や》せて日焼けして、なにか精神的な印象を受ける。あまり自分のことは話さず、ゴルフのトロフィーをめずらしそうに見たりします。

「あ、これはブリュッセルに出張した時に買ったリトでね」と居間の絵の説明をする。彼は黙っている。高校の頃の友人です。地方都市の城跡で、よくしゃべり合ったことを思い出します。夕飯を食べて行け、というのに、行くところがある、といって立ち上ります。

「駅まで送るよ」

二人で外へ出る。黙りがちに住宅地の道を歩きます。

「静かだろう。通勤には少し不便だけど、それでもここらで三十坪手に入れるのは男子一生の仕事でね」

自慢話にはならないように気をつけながらも、つい達成感を口にしてしまいます。

「なんてェ暮しだ」

「え？」

友人がそういったような気がして顔を向けると、「なんてェ暮しをしてるんだ」と吐き捨てるようにいうのです。

かっとなります。そんな批判をされるおぼえはない。これでも一所懸命生きている。それはまあ、家族も持たず、異国で病人のために十数年を使っているこの男から見れば、安逸をむさぼり、物欲におぼれ、自分のことばかり考えているように見えるだろうが、そんなもんじゃない。しかし、数日後にはまたインドへ戻って行く友人に、自分の生活も大変なんだ、などというのは、少し図々《ずうずう》しいような気がします。それにしても「なんてェ暮しだ」っていういい方はないだろう。いやいや、もしかすると聞き違いだったのかもしれない。久し振りに逢《あ》った友人に、そんなことをいうだろうか？

そっと友人の横顔を窺《うかが》うと、浅黒い横顔を見せて、おだやかなものです。

そうだ、聞き違いなんだ、こいつインドが長かったんで日本語が少しおかしくなったんだ。

「ここでいい」と友人が立ち止ります。

「いや、駅まで行くよ」

「いいんだ」

友人の目を見て、どきりとします。軽侮の目なのです。

「さよなら」

うなずく間もなく、友人は背を向けて、坂道を駅の方へおりて行きます。

「さよなら」

口の中でいいます。友人の遠くなる背中が、またいっているような気がします。

「なんてェ暮しをしてるんだ」

冗談じゃない。俺の暮しの何処が悪い？　仕事は真面目《まじめ》にやっている。家族は人並以上に大切にしている。

「それだけ？」

そう、奴なら、そういうかもしれない。しかし、それだけだって、どれほど大変か知れやしない。奴のように分りやすい形で世のため人のために生きてはいないけれど、仕事を誠実にやっているということは、つまり社会のためになっているということで——無論、会社のために、社会的に見ればマイナスということもしなければならないこともあるが、そうそう綺麗事《きれいごと》だけで世の中を生きて行けるもんじゃない。奴は昔っから、単純な理想主義者だった。そのまんま、成長していないんだ。ああ、いやだいやだ。自己批判のない正義漢ていうのは手に負えない。自分ばかり正しく生きているような気で、人を軽蔑《けいべつ》したりする。もっとも、そういうタイプじゃなきゃ、あんな頑《がん》張《ば》った生き方は出来ないだろうが、要するに世間知らずなんだ。

忘れよう。どうせ、もう一生逢わないかもしれない。あんな奴がどういったって、こっちは家族をかかえて、きびしい現実の中で、生き抜かなきゃあならないんだ。お前には、分らないさ。

で、男は、友人の言葉を意識の底へ深く沈め、やがて忘れてしまいます。そして、日々に追われ、ある夜は、左遷になった同僚をいたわって、バーで人生の哀歓などをしみじみと語り合ったりします。

その「しみじみ」の方は、よくテレビドラマになります。しかし、そうやって生きている人々に「なんてェ暮しをしてるんだ」と罵声《ばせい》を浴びせる人間が登場するドラマは皆無といっていいでしょう。見る人の神経を逆撫《さかな》でするような、そんな人物をひっぱり出してもいいことはなにひとつありません。こうやって書いている私だって、そんな人物は不愉快です。

しかし、それにもかかわらず、私を含めたいまの日本の生活者の多くは、そういう罵声を、あまりに自分に向けなさすぎるのではないでしょうか？「いつかは」とニーチェがいっています。「自分自身をもはや軽蔑することのできないような、最も軽蔑すべき人間の時代が来るだろう」と。

実をいうと、そのニーチェの言葉が、このドラマの糸口でした。

新宿の喫茶店でプロデューサーの中村敏夫さんから「いま一番書きたいものを書きませんか。受けて立つから」といわれ、不意に学生の頃読んだその言葉が横切ったのでした。いや、前から時折、企画の話をしながら、そのモチーフが口から出かかったことはあるのですが、とてもそんなものは相手にされないだろうと思い、抑制し、このところは浮かんで来もしなかったのです。見ていらっしゃる人々とそれほど違わない家族の生活を描き、それに罵声を浴びせかけるドラマが、いまのテレビ界で可能だとは思えなかったのです。しかし、私は私自身に向ける罵声として、そういうものの必要を感じておりました。いくつもの家族のドラマを書いて来たライターのやるべきことのひとつのような気持もありました。「面白い。やりましょう」中村さんは、即座に受けとめてくれました。

「で、誰でしょう?」そんな罵声に生命をふきこめるような俳優さんが、日本にいますかね? たちまち、打ち合わせはキャスティングにすすみ「そりゃあもう山﨑努さんしかいないんじゃないかな?」じゃあ、平均的生活者の方は?「これももう河原崎長一郎さんしかいない」そして、その両者の間で複雑に動揺するのは「岩下志麻さんに頼めませんかね? そうなれば、素晴しいんだけど」オーケー、絶対三者獲得。

コーヒー一杯で、本当にいいのかな、と思うくらいどんどん話がかたまって行く快感を久し振りに味わいました。中村さんの積極的な仕事ぶりは、撮影がはじまっても少しも弛緩することなく、演出の富永卓二さん、河村雄太郎さんと共に、終始実に熱のこもったものでした。他のスタッフの活力にも圧倒されました。そして、樋口可南子さんの美しさ、いってみればいくつもかくし味を秘めている少しも薄いところのない女振り、何日にもわたって数十人の若い人に逢った上で決めた鶴見辰吾君と二階堂千寿さんの新鮮さ、共に忘れ難い魅力でした。ライター生活十八年にして、はじめてやらせていただいたフジテレビの仕事が、こうした作品として実現したことを、尽力して下さった方々に、心より御礼申上《もうしあ》げます。


（一九八八年）

ふぞろいの林檎たち（1983）

その病院は東京の北多摩のH市にあった。

駅前の商店街を抜けると、ところどころに畑が残り、アパートが多くなる。地図を手にして、私は十二、三分歩いた。

高い樹木にかこまれて、思いがけないほど広い敷地の中に建つ木造の病院は、周囲のどの家よりも古ぼけていた。入口のドアはきしんだし、廊下は波を打っていた。薄暗かった。こんなところに入っていたら、おかしくないものまでおかしくなるのではないか、という気がしながら、湿ったような汚れたスリッパを履《は》いて、受付でいわれた通りに外来をぬけて、病棟に入った。

しかし、畳敷きのリクリエーション・ルームに現われた彼は、明るく元気に見えた。

「ここに入っていれば、調子いいんです」と彼はいった。「しばらくは鍵《かぎ》をかけられてしまう閉鎖病棟でしたけど、いまは開放です。外出は、ちょっとまだ駄目ですけど」

「えぇ、でも、こんなになって顔色よくてもなんにもなりません」

可笑《おか》しがっているように、彼は笑った。

「私より顔色がいい」

私も微笑を返したが、可笑しくなど、ちっともなかった。彼がいわゆる「三流大学」の四年生の時、私は「ふぞろいの林檎《りんご》たち」の取材で、二度ほど逢《あ》っていた。パートⅡの時にも二度逢って貰《もら》った。

「六年か。もうそんなにたつんですね」

はじめて逢ったのは、大学のキャンパスの中だった。そういえば、その時も彼はこういっていた。

「この構内にいれば、元気がいいんです。街へ出て、学校どこ？　なんて聞かれてるうちに、卑屈になっちゃうんだなあ。現実に女の子は、オレの学校聞くと、しらけるんですよねぇ」

就職してあるメーカーの営業部に入った。外回りの多い仕事だった。他社との競争も激しく、成績の悪い社員は、義憤を感じるほど侮辱的に扱われた。それでも、彼はよく頑張《がんば》った。二カ月に一度ぐらい手紙をくれていた。

それが、今年になってぱたりと来なくなった。桜も散って、四月の終り近くになって、この病院からの手紙を受取った。自殺騒ぎを起していた。

自分はとても人並には生きて行けない。どんなに頑張っても、ノルマをこなせない。いまだに恋人も出来ない。忙しくてそれどころではない。そんな生活の中で精神障害をおこしてしまったのである。

「もう大丈夫です。もう死んだりはしませんけど——」

「そうだな」

自動販売機のコーヒーを彼が買ってくれて二人でのんだ。

「あの頃の山田さんは張り切ってたなあ」

「今だって張り切ってるさ」

「随分おだやかになりましたよ」

「そうかな？」

「憶《おぼ》えてますか？　あとがき」

「あとがき？」

「パートIのあとがきですよ。ギンギンで脚本を書き終えて、その勢いで一気に書いたって感じだったなあ」

五年前に、この作品を単行本で出した時の「あとがき」のことである。細かくは忘れていたが、熱気みたいなものは憶えていた。その「あとがき」は次のようなものである。

昔々アメリカの軍隊が日本に上陸し、同時にいくつかの観念も着地して増殖した。小中高生の感染は早かった。たとえば「人間はみんな平等なんだ」というような観念に抗するような真理があるとは思えなかった。敬意を抱くべき人物ということになっていた教師とか父親とか将校とかが、実は大人一般と一向にかわらぬ俗物であることが、日々証明されていた。

空腹の前では、誰も彼もが似たような欲望を露呈したし、声高に信念を語っていた人物が俄《にわ》かに光を失い肩を落していた。

「みんなたいしたことはない」のだった。

だから扱いも平等であるべきだったし、そうでない場合には抗議する権利と共に義務があるというようなことになっていた。

運動会で一等をとってもその順位はすぐ忘れたふりをしなければならなかった。先生も生徒もこぞって順位など気がつきもしないという顔をしたし、表彰などとんでもないことだった。人間は平等なんだから、五等や六等の人間を侮辱するような行為は断じて許されなかった。

それは成績も同じで、優等賞などというものを作って「勉強の出来る子」を特別扱いにするようなことは「封建的」なことであり、学芸会でやる「オズの魔法使い」にクラス全員の平等な参加を主張して先生に抗議などをしていると、「あるべき人間」に近づいているような高揚感がみなぎるのだった。主役と脇役というような差別があっていいはずがない！

また一方で日本人は、立ちおくれの個を確立することにも急がねばならなかった。

「自分を持たなければならない」という観念も抗しがたく正当に思えた。

小学校のころの先生の家を、中学になって四、五人で訪ね、「暑かったろう。なにをのむ？」といわれて、一人が「水」とこたえると次のものはもう「水」とはいえなかった、同調は恥であった。

日本人はすぐ「私も」とか「なんでも」とかいうと先生も叱《しか》った。で「サイダー」とか「お茶」とかいい、今ほど飲みものに種類がなかったから、おくれをとった生徒は渇きをこらえて「なにも欲しくない」などという個を確立するはめになるのだった。

それらは滑稽《こっけい》であり、子どもの体験だが、当時の大人も、それほどちがった世界で生きていたわけではなかった。

いたるところで「平等」も「自立」も誤解され、今思えば信じられないような拡大解釈が行われていた。

しかし人々はわざと拡大解釈したがっているところがあった。「自由」や「平等」や「自立」の正確なる解釈や適応では解きはなつことの出来ない戦争中の抑圧を、無茶苦茶になんにでも「自由」「平等」を適用することによって、打ちくだこうとするところがあった。そして、そういう時代の感情に支えられると、別の時代の目からは馬鹿気ているとしか思えない論理が、濃密なリアリティをもって、まかり通ったりしてしまうのだった。

いまあの時代を振りかえると「いかに現実が見えていなかったか」というような感慨に捉《とら》えられるエピソードを数々思い出すけれど、当時の人々は「いまほど現実が見えているときはない」と思っていた。「目が醒《さ》めた」というようないい方がよくなされた。戦争中の自分たちは、どうして必勝を信じたのか、軍部の悪がなぜ見えなかったのか、どうして天皇を神だと思えたのか？　ああ、敗戦によって日本人は目が醒めた、迷妄からぬけ出した、というように思っていた。しかし、いまの目から見れば「平等」ひとつ「自立」ひとつとっても、人間の現実を無視した論議がいかに横行していたかを思ってしまう。

そして、ひるがえって、現在を思うと、後世代の人々は、私たちのいまの時代を、どうしてあんな迷妄にとらえられて目の色をかえることが出来たのだろう、と不思議なような気で振りかえるのではないか、と思うのだ。

教育についても軍備についても、後世から見れば「あまりに馬鹿気ている」と溜息《ためいき》をつかれてしまうようなことに捉えられて、目が見えなくなっているのではないか。

たとえば「いい大学」に入っているかどうかで男を選ぶ娘たち、「いい大学」からしか社員をとらない会社群のリアリティのなさは、後世から見れば信じられないようなことなのではないか？　少くとも素晴しい人間をつかまえる方法として極めて拙劣である、とは感じるのではないだろうか？

いやいや今だって、そんな基準に人間の値打ちを計量する力がないことは、多くの人が承知しているのだ。しかし、承知しているだけでは、力にならず、力になるためには、いわば時代感情が味方になってくれなければならない。しかし、それはまだ「いい大学」の味方で、「こちら東大こちら日大」と二人の青年を紹介されれば、やはり東大の人間の方がいいような気がしてしまうあたりで、私たちは生きている。

そういう時代に、否応なく周辺へ追いやられている青年たち娘たちを書いてみようと思った。たとえばそういう人間たちの憤懣《ふんまん》は、中学生の時期に暴力という形で表面に現われる。しかし、高校生、大学生と進むにつれて、見やすい形では消えて行く。だが、消えてしまったわけではない。社会がある程度の安定を維持しているうちはいいが、ひとたび失業の増大というような事態を迎えると、思いがけない大きな反乱として噴出するのではないか。そうなっても仕方がないほど、いまの社会は「出来ない子」を不当に扱っているのではないか。

とはいえ、いわゆる「問題劇」を書く気はなく、ただ彼らをなんとか生き生き描きとめられればよかった。彼らに傾注出来ればよかった。ドラマの役割は、おそらくそこまでである。


「なんか」と私はいった。「時代が変ったって感じだなあ」

「時代でしょうか?」と彼は顔を上げた。「テレビが変っただけじゃないかなあ。学歴が物をいうのは同じだし、三流大学は三流会社へっていう扱いも変ってないし」

「テレビだけが変るってことはないと思うな。やっぱり時代が変ったんだ。みんなそんなことを意識したくなくなった。まして不当だなんて怒ったりするようなダサイことは出来なくなった。テレビドラマが現実を描くなんてことはやめて貰いたいというようになった。現実を何十分かまぎらせてくれればいい。目をそらせば忘れていられるようなことを気づかせてくれるな、というようになった」

「ちがうと思うな」彼の顔が少し上気したように赤くなった。「なになに問題を描くとか、なにかに抗議するとかいう、テーマが前面に出たドラマが時代からずれただけのことだと思うな。それを視聴者は気ばらししか求めていないって錯覚するのはいけないんじゃないかな？　やっぱり細かな現実に光をあてるドラマは求められてると思うし、自分の現実観をゆさぶられるような作品を求めているし、そういうものを書かなくちゃいけないいんじゃないんですか？」

その通りだと思った。こんなに生真面目《きまじめ》で、ちゃんと物を考えてる青年が、何故《なぜ》選別されたダンボールに入れられ、揺さぶられて運ばれ、ザルに入れられて「ふぞろいの林檎」だと安売りをされ、更に点検されて、こんな精神病棟にいなければならないのか？

「書き方なんだな。ほんとに、そうなんだ」

「ふぞろいのパートⅢを書いて下さい。結婚とか親になるとか、独りで生きるとか、臆病とか、ぎっしりいろんなことがあると思うな。それを、ありきたりじゃなくて、あっというような光のあて方で描いて貰いたいな。あの登場人物たちは、それを待ってると思うな」

嬉《うれ》しかった。

「今日は、なんなんだ？　こっちが励まされて、どうするんだ？」

入る時は、なんて陰気な病院だと思っていたのに、一時間半ほど話して帰る時には、病棟から受付のある建物へ行く渡り廊下を、私はトントンと元気にすのこの音をたてて渡った。

「山田さん」

背後で彼の声がした。少し声がはなれている。すぐ後ろを来ていると思っていた私は、ふりかえって、渡り廊下の途中に立っている彼の姿にどきりとした。とても孤独に見えた。

「患者はここまでなんです。そっちへは行けないんです」

患者？　君が患者だって？　どうして君みたいにいい青年が、患者だなんていえるんだ？

逢っている間、少しもおかしいところはなかった。礼儀正しくて率直で親切で、こっちの方が余程、おかしいくらいだ。しかし、その彼が営業の世界にほうりこまれると、死んでしまいたいくらいの自己否定の海につきおとされる。こういう青年をただ弱い人間だとおとしめて、会社というものは金が儲《もう》かればいいのか？

彼の傍《そば》まで戻り、

「今日はありがとう」とつとめて静かにいった。

「それはこっちです」

彼も微笑した。

「退院したら、渋谷かどっかで、夕御飯を食べよう」

「天ぷらがいいです」

「天ぷらにしよう」

「パートⅢ、いいものにしてください」

「ああ――」

まだ局に、そんなことは話していないし、実現するかどうか分らなかったが、いいものを書こうと思った。


（一九八八年）

ちょっと愛して…（1985）／最後の航海（1983）

短篇はホテルで書いてしまうことがある。書いている間、誰とも逢《あ》いたくなかった。テレビライターがいい気になってホテルなんて、と反感を抱く人もいるだろうが、五、六泊して十万に満たない小さなホテルだ（弁解することもないけれど）。

一度妻が、私の署名が必要になってやって来たことがある。

「どうしてこんなわびしい部屋にいるの？」

署名した書類から顔を上げると、妻は狭い窓から外を見ていた。眼下は高速道路で、絶え間なく車が流れている。

「もう少しいいところだって誰も文句いわないと思うけど」

「そりゃそうさ」

「なんかあるの？」

「なんかって？」

「さあ」

妻は肩をすくめた。密会に都合がいいとか、そんなことを思っているのかもしれなかった。

で、私は本当のことを話した。

「ここだと、いいものが書けるんだ」

「どうして？」

「はじめて入った時がそうだった。二度目からは自己催眠をかけたんだ。ここへ入るといいものが書けるって」

フィクションを書く人間には、多少とも神をあてにするところがある。

「で、書ける？」

「さあ――」

効果のほどは、お読み下さった諸兄姉の御判断にまかせる他はない。私としてはホテルの霊験は相当にあらたかだったと思っている。同業者に知れると泊られてしまうから、屋号は書けないけれど。

「ちょっと愛して…」はそのホテルで書いた一篇で、私の日本テレビとの初仕事である。ライター稼業二十年目でこういうことは珍らしい。演出のせんぼんよしこさんからお誘いを受けた。プロデューサーは岡部英紀さんである。約束してからほぼ一年たってとりかかることになり、そうすると俄《にわ》かに樹木希林さん主役で書きたくなった。

樹木さんとは以前「さくらの唄」（TBS）というドラマで半年一緒に仕事をした。

その頃は悠木千帆さんという名前で、つくっている最中は気に入らなくて私も少し無礼なことをいったりして必ずしも円満ではなかったが、終ってからジワリと樹木さんのすごさが胸に残った。

三十代後半の男女の、結婚までの話が書きたかった。相手を恋するどころか、むしろ軽蔑《けいべつ》を感じたり嫌悪したりしながら、他につき合う人もなく、孤独につき動かされて、次第に結婚に近づいてしまう二人を書きたかった。

他につき合う人もなく、というところが大事で、美しい人なら四十近かろうと、その気になれば男は出来る。なまなかの女優さんでは淋《さび》しがっても男をさがす努力が足りないだけのような印象になってしまう。

しかし世にはどうしても相手が見つからないという女の人もいるのであって、そういう人の孤独の切実さを描くのに、樹木さん以外の人はほとんど考えられなかった。

急いで断っておくが、素顔の樹木さんは、美しい人である。ただ、醜女になれるのである。

「最後の航海」は、札幌テレビの自主制作で、デビュー演出の林健嗣さんを補佐して日本テレビの石橋冠さんが加わって下さった。あたえられたのは青函《せいかん》連絡船という課題だった。国鉄青函局が全面協力をしてくれるというのである。となれば裏も表も好きなように書くというわけにはいかない。もとより連絡船に働く人々をおとしめる気は少しもないが、海の男を謳《うた》い上げたり哀歓を描くというような作品は、影の部分を描けないと、どうしても型にはまってしまう。

　で、奥さんを描けないか、と考えた。

　停年の甲板長を描くと見せて、その停年の日にも光をあてられることのない妻の淋しさに次第に焦点が合って行く。イリイチのいう「シャドウ・ワーク」の価値を認めない社会での妻の被疎外感を書けば、それは多くの主婦の感情を描くことになると思った。この作品は、ホテルはホテルでも、函館《はこだて》のホテルで書いた。日が落ちて外に出ると、九月だったが、もう木枯《こがら》しのような風が吹いていたのを思い出す。港の傍《そば》のホテルで、はじめは連絡船の汽笛が鳴るたびに、ドキンとした。そのうち馴《な》れてしまい、自宅に帰って夜半机に向っていると、汽笛の聞えないのが物足りないような思いをした。

　一時間半前後の短篇は、方法的に劇映画に準じやすい。しかし、劇映画と同じ方法をとれば、映像は勿論《もちろん》、観る人々の集中度、予算の額、その他多くのことで、映画にかなうわけがない。

テレビドラマの一時間半は、映画の同じ時間の費消の仕方とは別の方法がなければならず、微力ながら、意識的にテレビドラマの方法を模索したものである。

（一九八五年）

日本の面影 (1984)

真夏の日盛りの中を、ラフカディオ・ハーンの乗った人力車が走って行く。熊本の海岸沿いの道である。

とある村を通りすぎる時、差しかけ小屋の中で、裸の男たちが大きな太鼓《たいこ》を打っているのが目に留まる。

「俥屋《くるまや》さん、あれは——何ですか」私は大きな声で尋ねてみた。

俥屋は走りながら、やはり大声で答を返してきた。

「どこもかしこも同じことでさあ。長いこと雨が降りません、それで神様に雨乞いをして、太鼓を叩《たた》いているのです」

俥は更に幾つかの村を通り過ぎた。様々の大きさの太鼓が打たれ響いていた。焼けつくような稲田の先の、俥からは見えない小さな部落からも、太鼓が鳴って、こだまのように響きを返していた。

――「夏の日の夢」(仙北谷晃一訳)

明治二十六年の日本である。

今は雨乞いをする人など、ほとんどいやしない。天候について無力なのは同じだが、太鼓を叩いてもなにもなりはしないと大抵の人が知っている。太鼓の音が天に届き、その願いの切実さが雨を降らせるなどということに、とても本気にはなれない。

そのどちらが近代的かといえば勿論《もちろん》私たちだが、真の意味での知性を計るとなれば、どちらが優れているか分ったものではない。

私たちはただ無力感の中につまらなくいるだけだが、明治の九州の男たちは、自分たちが激しく願えば天をも動かせるという思いを維持していたのである。それはただ雨乞いについてだけ維持された「迷信」ではないはずである。たとえば愛する者が死の床にいる時、激しく祈れば生を呼び戻すことが出来ると信じるという形でも維持されてもいたはずである。医学的に絶望だと診断がくだれば、もうただ仕方がないと無力感にとざされ、祈るすべも知らない私たちと、どちらが充実した生を持ち得たかといえば簡単に答えを出せる人は少ないのではないだろうか?

雨乞いの太鼓もそれから三、四十年の間に急速に響きを失って行ったにちがいない。天候の変化は太鼓の音などとは一向に無縁だと思い知らされ、人間の生も死も、運も不運も、いわば不条理に物質的要因によってもたらされるのだと科学は人々を啓蒙《けいもう》した。

「たとえば交通事故を、科学は運転者の不注意とか、信号の不備、車輛《しやりょう》の欠陥というレベルでしか捉《とら》えない。それを人間の心がひき起した必然というようなことはいいません。行いが悪かったから事故が起きたとか、お参り、お祓《はら》いをしなかったから火事が起ったとか、そんなことはいいません。しかし、人間には、自分の人生の主役でありたいという欲求があると思うんですね。不可抗力の事故を、厄払《やくばら》いをしなかった自分のせいだと考えることは、意識するしないは別にして、合理主義科学主義が人間を味も素っ気もない世界へ投げ出そうとすることへの抵抗だという気もするんです。この頃は占いなどというものが、妙に力を持ち出したと聞きますけど、自分たちはただ空虚の中に不条理に投げ出されているというのでは、やりきれないという思いが、星の運行と自分との連動というような幻想への傾斜を生むのだろうと思うのです。幻想だから、非科学的だからいかんと、単純に切り捨てることは出来ないと思うんです」

この作品が放送されたころの座談での私の発言である。しかし、明治以降の近代主義は、そんな寛容なことはいっていなかったし、いってもいられなかった。「迷信」は次々と粉砕され、それと共に人間の内面の輝きや活力や優しさも損われて行った。少くともラフカディオ・ハーン、小泉八雲は、そのように感じることの多い人だった。

著作を読むと、われわれが近代文明の恩恵とひきかえに、なにを失ったのかということを、ほとんど頁《ページ》ごとに思い知らされるのである。

子供たちの螢狩《ほたるが》りは、仲間を組んでということにだいたい決っている。これには明らかな理由がある。昔は、螢狩りにひとりで出かけるのは無鉄砲なことと考えられていた。螢についての無気味な信仰が幾つかあったからである。田舎では今でもそうした信仰が残っている。螢火と見えたものが、道行く人をだますためにともっている、悪鬼の火か、化け物の火か、狐火《きつねび》であるかも知れない。本物の螢火にしたところで、いつも安心していいとは限らない。——螢の一族の気味悪さは、好んで柳の木に集まることによっても察しがつくだろう。他の木にも、それぞれの霊があって、その霊は善悪さまざま、木の精《ハマドリュアス》もあれば、悪鬼もあるが、柳は特に死人の木で、人間の亡霊が好む木である。螢だって、幽霊でないとは——誰にもいえない。それどころか、まだ生きている人間の魂さえ、時に螢の姿になり得るという昔からの信仰もあるくらいである。

——「螢」(仙北谷晃一訳)

「螢だって、幽霊でないとは——誰にもいえない」

このような思いで闇《やみ》に光る螢を見た人々の感受性に比べて、いま私たちが螢を見る時の思いの、なんというつまらなさ。今更、ひき返しようもないとはいいながら、それら失われてしまったものをふりかえることは、私たちは決して日々高度に文明化しているなどということはないのだと知るだけでも意味のあることだと思った。八雲をやりたい、ハーンのドラマを書かせて下さいと数年にわたって、あちこちのプロデューサーに声をかけた。しかし、片目で貧弱でコンプレックスをかかえた外国人の明治ものでは視聴率は稼げないというのが多くの人の判断であった。

そこへＮＨＫの若いディレクターの音成正人さんから「日本の近代史を支えたエネルギー」という企画が持ちこまれたのである。

「それは必ずしも精神的エネルギーという意味ではなかったのですが、もちろん精神面についての着眼もあるお話で、私はその精神的部分に魅力を感じたんです」と前記の座談で、私はしゃべっている。その座談は、企画の糸口をつくった音成さんと、大半の演出をなさった中村克史さん（熊本の部分だけが音成演出であった）と、三人で行ったこの作品についての談話である。

＊

山田　日本が大国になるプロセスの中で、それまでの長い歴史の中で形成してきた感受性がずたずたになった部分がいろいろあると思うのです。それをもう一度見ていく、確認していく。どういうものを失ってしまったのか。どういうものを切り捨てたのか。闇の部分、不可解なもの、不合理なもの、人間が世界の主役ではなくて、さらに大いなるものがあるというような心性とか、そういう考え方が明治以降は抑圧されて、つぶされてしまってきた。それが今の時代になって、教育問題でも、親と子の問題、夫婦の問題、社会問題でもゆがみとしてどんどん表れてきているんではないかと思います。

音成 あり得ることですね。

山田 明治以降は「合理的」「科学的」発展を善としましたので、たとえば能率の悪い人間は軽蔑《けいべつ》されるわけです。かつての日本には老人が大事にされるということがあった。それは老人の能力と無関係に、自分より年上の人間は大事にする、理屈ぬきに敬意を表する、ということが厳然とあったわけです。だけど、合理主義、近代主義でいけば、老人は役に立たない。それならなんで尊敬する必要があるか、となっていくわけですね。そうしたことを、明治の初期に戻って見直してみるのも意味があるのではないか、現代にとって意味があるのではないかと思ったのです。

中村 山田さんは、「近代主義・合理主義が日本にもたらした影響」というテーマをずっと前からお持ちだったんじゃないですか？

山田　ええ——。

中村　ぼくは「獅子《しし》の時代」で一年間、山田さんのシナリオで演出をやらせていただきましたが、その中で会津のおばあちゃんがしゃべるのですが、近所の人がタヌキに化かされて肥溜《こえだめ》にはまった——という話が出てくる。それを寺子屋の先生も信じていて、子どもたちに提灯《ちょうちん》を持たせて送ったりするわけです。あのころから山田さんはそういうテーマをお持ちだったんじゃないかと思い当っていたのですが——。

山田　そうですね。「獅子の時代」の当時の会津には、タヌキに化かされて、というような話がまだ生き生きと庶民の感情の中にあったと思うんです。それが抑圧されてゆくのがそれ以後の日本の歴史なわけですね。それと引き換えに経済的な発展を得た。恩恵もたくさん得ました。けれども、失ったものもあるわけで、それをもう一度見直したかったんです。それにはいい機会を与えて下さったと思って、とても感謝しています。ですから、今度のはとても一所懸命書きました。ま、いつも一所懸命書いていますけれども（笑）。

音成　「エネルギー」というのを、「エネルギーを獲得するうえで精神的になくしてきたもの」というふうに扱うのが今度のドラマですね。

山田　ええ、もちろん日本の近代化は精神的エネルギーを抜きにしてはありえなかったわけですね。ただ、そういう積極的エネルギーを称揚するだけでいいかという視点です。

中村　もう一つ、これはNHKだけではなく、民放も含めてのテレビドラマへの問いかけという意味もあったと思うんです。片方では、視聴率を追いかけ、そのためには何でもやるぞという部分があって、歌の世界からお笑いの世界から、どんなのでも引っ張ってくるよ、という姿勢がある。その反面、これではいけない、というドラマティストがいる。それは、作家のかたも含めて、民放のかたも含めての、プロデューサー、ディレクターたちですが、こちらはどうしてもその反動で大テーマ主義になってくるんですね。テーマを大きく掲げて、ドラマは視聴率だけ追いかけているのではない、現在の断面を如実《にょじつ》に見せるいちばんふさわしい手段なのだ、という形でフィクションをやっている。この両極端になっていて、本来のドラマのおもしろさ、あるいは広い範囲の表現能力を、ものすごく限定しているのではないか、と思うんです。今回はそういう一つの問いかけでもあったといえます。

たしかに、「エネルギー」というと、国策としての石炭、石油などの変遷《へんせん》をベースに考えがちになる。どうしてもそっちの主題を高く掲げて、簡単にいえば、歴史の絵解きにすぎないというふうになってしまう怖さがある。それは、そういう大テーマ主義を掲げたものは、俳優でいえば、らしい顔をすればそれですんでしまうという怖さですね。つまり、胸に、何々大臣ないしは何々会社社長というスーパーが入って、それらしくやればすんでしまう。それが、スペシャルといいながらドラマを小さくしている。

中村　そうですね。非常に概念的になっているかもしれないですね。

山田　そういうことの問い直しでもあったようにぼくは思うのですが。

山田　感覚の部分、官能の部分というのでしょうか、とりわけ人間の感情や感覚の闇の部分を生き生きと取り戻さないと、これはドラマとして成立しないようなところがありますね。ぼくは試写をまだ見ていないのですが、この間、ミシガン州立大学の先生と会ったときに、ラッシュをご覧になったということをおっしゃって、非常にビューティフルだというわけですね。ぼくはものすごくうれしくて、中村さん、音成さんやったな（笑）、という気がとてもしましたね。

改めて感じたんですが、ラフカディオ・ハーンは非常に日本人に愛されている存在なんですね。ですから、研究なさるかたはものすごくたくさんいらっしゃって、資料もものすごくたくさんあるわけです。ラフカディオ・ハーンが研究したクレオールというニューオーリンズの混血人種の諺《ことわざ》に、「儲《もう》けが多いと財布が壊れる」というのがあるんですが、今度のは実に材料がいっぱいあって、多すぎて、四回では、はちきれて財布が壊れてしまいそうでした。ですから、材料の中からどれをチョイスするか、そしてドラマの許された時間の中でそれをどう合成するか、ということが非常に大変でした。うれしい悲鳴でしたけどね。

中村　私も先日、脚本家の大野靖子さんに会ったんです。そうしたら、「ラフカディオ・ハーンをやるんですって？　わたし以前からすごく興味があるの。ニューオーリンズから始まるなんて素敵ねえ」と言われたんですよ。

ニューオーリンズというのはジャズの誕生地として有名なところですが、それ以外の情報はわれわれは何も持っていなかった。つまり、日本にきて、日本人の女性と結婚して、子どもをつくって、残りの人生の大半を日本で全《まっと》うして、膨大な作品を書いたラフカディオ・ハーンという人間が前にそこにいたのだ、という形でニューオーリンズを見たことはなかった。

たしかに興奮する町なみなんですよ。フレンチ・クォーターという一角は、その当時そのままのヴェランダ付きの家が残っていますし、ミシシッピー河には今なお外輪船が浮かんでいますし、もちろん南部の中心ですから、黒人も多い。バーボン・ストリートというところでは四六時中ジャズが聞こえてくるという土地なんですね。

山田　そういう意味で、アメリカの合理主義の世界の中では異質ですよね。十八世紀、十九世紀というヨーロッパの、ある臭み、においの部分をとても取り込んでいる街だし、黒人の宗教ヴードゥーなどというものがあったり、たとえば生命はすべて貰いのだ、という哲学がアメリカでは基本の哲学だったりしますね。ところが、ニューオーリンズでは、生命の否定への傾斜というものも人間の中にはあるんだみたいな、そういう複雑な味が街の構成要素のはざまにあるんです。だけど、今から見ればいろいろな闇の部分のあるような建築物を、ラフカディオ・ハーンは、幽霊が出る余地のないような実に合理的で機能的な建物だ、とぐちを言っているわけですね。ですから、さらにその前の建築はもっと幽霊の出る余地があり、もっと闇の部分があったんでしょうね。そうして、ハーンが愛したものがどんどん壊れていって、ニューオーリンズではいたたまれなくて、ついに日本の松江にきた。そうしたら、そこではまだお化けが生き生きしていたというハーンの喜び、わかりますね。

音成　わかりますねえ（笑）。

山田　ただ、ハーンは、脚本でも書いていますけれども、最初は松江とか日本を過大評価していたところがあるわけですね。近代が始まり、生活の闇の部分を消し去ろうとしたことは、必ずしも全部けしからんことではなくて、生活者としてみれば闇の部分というのはやりきれないことがたくさんある。たとえばお医者にかからないでおまじないですます、ご祈禱《きとう》ですますとか、そういうものをただおもしろがってはいられないわけですね。ハーンも生活者として日本に住み始めると日本の非近代が堪えがたいいやらしさとして感じられるという時期があったと思うんです。それらは、熊本で顕著だったのですが、熊本を演出なさった音成さん、いかがでしたか？

音成　五高の英語主任の佐久間信恭さん、彼は明治の文明開化推進者でもあり、合理主義者でもあるわけですね。彼とハーンとの確執のやりとりがこのシナリオにありますけど、どっちが正しいかということは非常に興味深いですね。現在にすれば、ハーンの言うこともある程度理解できるというものの、あの当時をとってみれば、佐久間の言う、今からの日本の進むべき道はこういうものだ、というそのへんの認識のしかたを、見ているかたがたがどう思われるか、非常に意味深いなという気はしますね。

山田　佐久間の台詞《せりふ》は、あの当時の近代主義者の多くの人の思いとして書いたのですが、まさしく無理もないというか、主役に対する悪役には決してなりきれない正論なわけです。明治の人たち、たとえば『坊っちゃん』に出てくる赤シャツなどという人たちは一種の近代主義者であったわけですが、そういう人たちは自分の軽佻浮薄《けいちょうふはく》をよく知っていたと思うのです。ぼくは、軽佻浮薄にならなければ近代化できなかったやりきれなさが明治にはつきまとっていたという気がするんです。ですから、そういう部分を佐久間に代表させて、ハーンが、「古いものはいい。そういうものを日本はどんどん否定している。それじゃいかん」と言っているのは、日本人化しつつもまだまだ旅行者の部分が多かった。生活者としての日本人にとっては、おまじないをするか医者にかかるかは切実な問題ですね。おまじないを否定したことを、古きものを消したというふうにハーンが非難するとすれば、そんなことは言っていられないのだ、と反発するのは無理ないことでしょうね。

音成　今山田さんが、明治の文明主義者は軽佻浮薄さを自分たちでわかっている、とおっしゃいましたけれども、それは、ハーンに対する逆な言葉ではなくて、自分もその痛みをわかっていてあえて言っている感じだと思うんです。それでそのへんはあえて佐久間役の伊丹十三さんにぼくは言いましたけれども、伊丹さんもきわめてよくわかっていらっしゃいまして、非常におもしろくなっていると思います。

中村　今回、ハーンの軌跡を追って取材も重ねたわけですが、ハーンの生まれたラフカス島、そのギリシャの島のあたりが宍道湖《しんじこ》あたりによく似ているのは興味深かったですね。

山田　それはハーンも言っていますね。

中村　それと、ニューオーリンズというところは、ミシシッピー河があって、湿地帯で、ちょっと郊外のほうへ行くと大きな沼地もあるわけですね。そういう意味で、松江に最初に中学校教師として赴任したときは、山の中ということではなくて、水があり、ハーンにとっての松江は地形的に同化しやすかったんじゃないでしょうか。興味を持っている『古事記』の出雲《いずも》の近くであるという喜びも、もちろんあったでしょうが。

山田　地中海と日本海だとぼくらのイメージでは合わないんですけれども、ま、そうですね。

中村　宍道湖の沿岸を車で走ったときに、おや、ギリシャやニューオーリンズと似ているな、という感じをぼくはもちましたね。

音成　要するにラフカス島と松江ですよね。

山田　ハーンが神戸に行くころになって、日本に対してすごい嫌悪を示すでしょう。日本のいろいろなことが非常にいやになってくる。それはぼくはものすごくよくわかりましたね。

日本をいやだと感じ出したとき、ハーンはヨーロッパにはホメロスがある、ゲーテがある、ということの偉大さを再確認して、ヨーロッパはなんともものすごい厚い文化を持っているかと言っています。たしかに、われわれが考えてもヨーロッパの厚みには日本はとてもかなわないという感じはよく分ります。建築にしても、何にしても、とてもかなわない。そう思うことはあるわけです。そういう意味では、ハーンの軌跡が分るというか、一つ一つその時期その時期に共感できました。

中村　アメリカ経由できた、アイルランド人とギリシャ人の間に生まれた男が、日本人の妻の実父母やら養父母やら全部の面倒をみ、そして家族関係のややこしい中で、ちょっとしたあつれきも、またその喜びも、全部一手に引き受けて、三人の男の子、一人の女の子をつくった。そのうえ、日本の将来をおもんぱかって、大作『日本』という作品を書いて死んだ。これはたいした人物ですよ。

また、エトランゼ（異邦人）、先ほど旅行者と言われましたが、当時の生活者には見られないユーモアも感じるんです。たとえば小泉八雲という名前の八つの雲は「ハウン」とも読めるわけですね。それから熊本で長男が生まれたときに一雄《かずお》と名づけたのは、ラフカディオのカディオというところからとったという説もあるんですね。二つの家族の面倒をみながら、大家族の中心としての余裕をそういうところに感じますね。

山田　ハーンを生まれたときからたどると、非常に孤独ですね。

中村　これ以上の不幸はないという――。

山田　これでもかというぐらい孤独ですから、日本の家族を大事にしたということは、それだけ孤独の根が深かったというふうに思いますね。また、その一方でリアリストでもあり、歴史の制約も当然のことながらしょっているんですね。その部分をしょっていないかのごときふりをして「現代人」ハーンを描くわけにはいかないわけです。日清戦争を讃《たた》えるとかね。そのへんを誤解されないように書くということはちょっとむずかしかったですね。

音成　しかし、ハーンは日本では有名ですが、外国ではラフカディオ・ハーンという と、主役になるということはないかもしれませんね。

山田　ないでしょうね。ただ、ヨーロッパではモラエス（ポルトガル海軍軍人。大正元年神戸・大阪総領事となり、日本の風俗をヨーロッパに紹介）は有名だが、ハーンはあまり有名じゃない、ということをモラエスファンは言っているでしょう。それについてハーンファンの私としては異議を申し立てたいですね。ニューオーリンズである屋敷を見せていただいたときに、その屋敷に名著のアンソロジーがのっている書棚があったんです。それを中村さんだったでしょうか、一冊とって中を開けたら、その中にちゃんとハーンがあったんですよね。もちろんマイナーでしょうけれども、ある人たちには非常に愛されていた存在であるし、それからニューオーリンズのチューレン大学には二間《けん》ぐらいの書棚が全部ハーン文庫といって、ハーンの著作で埋まっていました。

中村　書棚にして三つぐらいですね。

山田　ですから、公平な目で見てもまったく無名ということはないわけですね。

中村　日本の明治以降の近代文学の中でもハーンの著作の位置づけに二つの意見がありますね。つまり、オリジナルの小説を書いた人のほうが位置が高い、というような時代がずうっとあった。ハーンの小説は日本の一つのレポートにすぎないではないか、という見方をする人もあったと思う。ハーンの仕事のすすめ方が今度のドラマの中で、ハーンと妻のセツとのやりとりを通じて、ことに「雪女」のところで出ていますが、やっぱりちゃんとした一つの創作なんですね。

山田　それは、単純なレポートではないですよ。まぎれもなくクリエートしていると思いますね。

中村　実に見事な文章で、英語の原典をいろいろ引き合わせてみると、珠玉の言葉を結び合わせて書いていますね。単に全体の意味だけを伝える作品ではないという、そういう感じですね。

音成　しかし、ハーンのファン、研究家は多いですね。

山田　多いですねえ。恐ろしいです（笑）。

中村　そういう魅力的なラフカディオ・ハーンを中心に、日本人が今ふと見失っている部分に迫るドラマにするために、ジョージ・チャキリスを主役にすえたのですが、これは成功でしたね。ロサンゼルスでオーディションという形式をとって、最終的に残った三人の中にジョージ・チャキリスがいたわけです。後で聞いたのですが、三人のうちの一人に残れるか――と眠れなかったそうですよ。それほどこの役はやりたかった、と言ってましたね。ですから、休みは全部ホテルに閉じこもって日本語の勉強に朝から夜まで費やしてびっくりするぐらいこの役になりきっていましたね。

音成　日本にきて最初のロケーションを生田でやったんですが、檀ふみさんが扮するセツさんに求婚するシーンをいきなり撮《と》らなければいけなかったのですが、その台詞がけっこうあるんですよ。

山田　大変な台詞ですからね。ぼくは、まだチャキリスさんに決まらない段階で、書きながら、こんなにたくさん言えるだろうか、という不安はしじゅうつきまとっていました。でも、言って貰《もら》わないとしょうがないわけですから、結果的には書いてしまいましたけど（笑）。

音成　それで、いちばん最初の顔合わせのとき、「来週ロケーションでこのシーンを撮りますよ」と言いましたら、向こうもびっくりしましてね。ところが、いざロケーションになったら、しっかり台詞を覚えているんです。役者というか、真摯《しんし》な態度は、最初から最後までありましたね。

中村　外国人が日本語をしゃべる役をやると、その音の流れで覚えるんですけれども、彼はそれではこれだけの大きな役はこなせないと言う。そして、「日本の面影」の英訳脚本を読みながら、われわれに「きみたちが使っている日本語のシナリオを、英語の文法おかまいなしに頭から知っている単語で全部言ってくれ」と言う。英語の場合と日本語の場合は、文法的に主語があったりなかったり、ひっくり返ったりしていますから、彼自身としては、彼の英訳脚本とローマ字の日本語台詞とが個々の単語で一致しないわけです。それが一致しなければとても演技とは言えないというんですね。ばらばらの英単語で流れを覚え、そして対位法で日本語の台詞を覚える。この作業はたいへんでした。

また英語の台詞についても、英訳脚本を読みながら、本当はもっといいことを書いているんじゃないかと最後まで疑っているんですね。本当にこういうことをオリジナルは書いているのかというわけですね。英訳脚本にはハートとあるが、どうもスピリットというニュアンスのような気がする。どっちがいいんだろう、というようなことを言う。そういう意味では相当熱心な俳優でしたね。

音成　一つ一つの言葉の意味を自分で理解しないと言えないという感じで、これは大変な人ではないかという気がしました。

山田　私は彼がハーンをやると聞きましたとき、他の候補のかたの写真も見ておりましたが、それはずば抜けていいわけですよ。ただ、美男すぎるのが欠点なんですね。ハーンは西欧の基準からいうと、背が小さくて、片目で、顔もそれほどよくないということについて相当コンプレックスを持っていたと思うんです。そのために白人と恋愛しにくいというか、ぼくはそういう部分も書きたかったものですから、チャキリスは、それだけが欠点だと思いました。ただ、片目であるということは、主観的には、一人の人間にとって十分コンプレックスの因子になりうることですからね。そこの一点にコンプレックスをしぼれば、ハーンをやっていただいていいのではないかというように思いました。結果的にもよかったですね。

中村　チャキリスという人はアメリカ人という印象が全然ない。おそらく父親の代でギリシャから来た移民——。そういう意味では、松江から熊本へ一族全部を連れて行ったラフカディオ・ハーンの心境とまさに近いところに彼自身の境遇もあったんじゃないかなと思うんです。ですから、この役に賭《か》ける意気ごみも格別だったんでしょうね。

そういうチャキリスの熱意をまのあたりに見て、ほかの人たちが最初からすごく高いレベルで参画してくれた。たとえば小林薫君が、西田という教頭の役をやっていますけれども、もう一つの耳なし芳一の役をやったときに、頭をきれいに剃《そ》ってくれた。ご存じのように、耳なし芳一というのはからだ中にお経を書くわけですが、いちばん困ったのは頭から顔のところへ書いてくることだったんです。

山田 かつらだとそこで段落ができますからね。

中村 かつらの上には書けないです。

山田 それではずいぶんしらけますよ。本人が希望して自分から頭を剃る、と言い出した。白目のコンタクトも入れる、と言ってくれた。それは役者として当然といえば当然なんです。だけど、その当然が今のテレビ界ではなかなか行われていないわけですね。だから、その程度に感動するぼくらのいじらしさも感じて貰いたいけど——(笑)。

中村 俳優さんたちのテンションがすごく高いところから入っていけたのは、すごくやりやすかったというか、楽しい仕事だったという——。

山田　ぼくもシナリオを書いていてとても楽しかったですね。もちろん苦労は苦労なんですが。苦痛で、いやで投げ出したい、ということがまったくなかったです。ものによっては行き詰まると投げ出そうかと思うときがあるんですが、今度はなかった。

中村　山田さんのシナリオは、いつも思うんですが、どこかで重点的に、シナリオでいうと二ページ、三ページを一人がまくしたてる、ないしは静かに語りかけるという、ともかく、俳優を発奮させる要素が必ずあるんです。撮っているぼくたちのほうも、そういうシーンは、何回稽古《けいこ》をやってでも、何回テストをやってでも、一発で通して撮りたいという気になるわけです。

音成　それはありますね。

中村　ぼくは「山田太一シナリオ」をこういうふうに規定しているのですが、すごく撮りやすいシナリオであるということですね。それは、山田さんが松竹助監督の経験もあるかただからそうなのか、とにかく、すごく映像的なんです。シナリオを読んでいただければわかると思いますけれども、ト書の端々に「この絵をとってほしい」というふうにいっているんですね。

山田　非常に控え目にね（笑）。

中村　たとえば第二話で出てくる「のっぺらぼう」は、「人形でやってほしい」とはっきり出ているわけです。のっぺらぼうの人形はどうやって作るのか、これは、スタッフにとってみれば、美術スタッフ、人形関係の制作者がひたいを寄せあって、まる一日討論するにたる内容なんですね。「これは人形でやってほしい」とあると、こちらとしては、「これは人形ではできませんので、やはり俳優でやりたいと思います」とは言えません（笑）。放送を見て貰えばわかるのですが、その人形のシーンは面落としという文楽の一つの方法を使った。袖をすっと顔の前に落とすと、お面がするっとはずれて、のっぺらぼうになる。手品の種明かしみたいですけれども、そういう方法をやっと発見して作ったということで、今回もあちこち創造意欲をものすごくかきたてられるシナリオでしたね。特に、ドラマを作る原点の興奮をこの作品ほど味わったことはないと思いました。

音成　いよいよ怪談の話になってきましたけど、今、中村さんから話の出た劇中劇は見ものの一つですね。

山田　そうですね。以前からハーンをやるときは怪談をじゃんじゃん出そう、それが楽しさの一つだと思っていましたから。幽霊とか怪談は、シナリオでは表現不可能という部分があるんですね。ですから、演出のおふたりに大きくおぶさらなければならない。もちろん演出のかたは、撮影、録音のかたにおぶさる部分がたくさんあると思うんです。それらが非常に作品を左右するところがあります。

音成　ハーンの楽しさということが出ましたが、今回は意図的に一話から怪談が随所に入ってまいりますね。三回目では「雪女」、四回目では「耳なし芳一」という、日本でおなじみの怪談ばかりです。

山田　たとえば今これを読んでくださってるかたの部屋に幽霊が出るとだれかに言われたとしますね。するとその部屋は機能性だけの部屋ではなくなるわけですね。単なる自分の寝る部屋ではなくなって、なにか得体の知れない精神性がたちこめているというふうになるわけです。壁なども単なる壁ではなくなる。大げさに言えば、自分対宇宙を感じるような感受性が呼びこめるわけです。そういうことが怪談のおもしろさだと思うんです。日本の近代主義の傲慢《ごうまん》さをある意味では批判する一つの契機になるという気もしますね。ハーンが芳一の話を聞かされているときには、青くなって、自分が半分芳一のような気になってしまったのは、いささか精神病理ふうですけれど自信たっぷりの現実主義者ではない人々に魅力を感じているぼくにはとても有能なものを感じるんです。

今はエゴとエゴがぶつかったようなドラマが多くて、ちょっと善意の人が出てくると、これはきっと裏があるに相違ないと思ったりします。私はこのドラマで、物欲は信ずる、合理的なものだけを信ずる、というような人たちに、得体の知れない幽霊のおもしろさを感じていただければ——と思いますね。それにほんとうに幽霊が存在するかもわからないと思えてくるようなドラマを見ていただくことは心楽しいことではないでしょうか。

＊

作品をつくり上げた時の興奮が、よみがえって来る。やり甲斐《がい》のある仕事であった。

（一九八七年）

真夜中の匂い（1984）

「フレンチ・コネクション」という映画は、主役がニューヨークの刑事で、パートⅡではマルセーユへ出張してハンバーガーが無性に食べたくなったりするのだったが、とりわけ心に残ったのは、フランスの刑事相手に長々と雑談をするシーンであった。といっても少数の風変りな観客だけがよかったと感じるというようなマイナー・シーンではなく、観た人の大半が「とりわけ感じてしまう」というような名場面であった。ところがテレビで放送されるとカットされているのである。

こういう不平はきりがないが、たとえば「地獄に堕《お》ちた勇者ども」ではエルンスト・レームの突撃隊をヒトラーの親衛隊が殺戮《さつりく》する忘れ難いナイトシーンがなくなっていたりする。

それをカットすると、その映画の魅力の大半とはいわないまでも三分の一は消えてしまうというようなシーンがテレビではちょくちょくなくなってしまっている。

それは勿論《もちろん》ある時間内におさめるためなのである。スタッフは多分「仕方なく」やっている。そのシーンが、たっぷりした魅力を持っているということは百も承知で「仕方なく」切っている。

何故《なぜ》「仕方なく」切るかというと、ストーリーの大筋とは関係が薄いシーンだからである。そのシーンがなくてもストーリーは分るからである。

一方、実につまらないシーンだが、ストーリーには欠かせないという個所がある。それがないとストーリーがよく分らなくなるという場面だ。そういうところはカット出来ない。つまらない、とは思ってもカット出来ない。いくら時間内におさめなければならないといったって、ストーリーが、分らなくなっては困る、というのがテレビ局の方針である。ストーリーが優先するのである。名場面より、俳優のどんないい表情より、ストーリーが分る、ということが大前提となって、カットが行われる。

しかし、ある映画が人の心を打つのは、ストーリーではないことが多い。ストーリーは忘れてしまっているが、あるシーンは心に刻みこまれているということは、よくあることだ。「ブリキの太鼓」では、主役の少年の奇声とブリキの太鼓を叩く音、「真夜中のカーボーイ」では、ダスティン・ホフマンが足をひきずりながら公衆電話の小銭をさがすシーン、「愛の嵐」では、フロントにいるナイトポーターが灯りを消すスイッチの音。つまらないといえばつまらない個所が心に残ったりするのである。つまりその映画は、そういうところで最も豊かだったかもしれないのだが、テレビで放送される時のカットの基準からははずれるから、往々にして切り捨てられてしまう。なによりストーリーが優先する。

で、突然話は大げさになるのだが、それと似たようなことを明治以降の日本も行って来たというようなことを思うのである。なにより国の経済力を高めたり国力を強化するのに貢献するような人を優先した。そういうことにあまり役に立たない人々は二の次三の次、あるいは切り捨ててはばからなかった。目先の役に立つ人を優先した。

その事情は今でも少しも変っていない。変っていないどころか、度合いがひどくなっている。

学校では、試験の成績のいい人間が不当に称揚され、成績の悪い人間の魅力を口にする人は、極端に少ない。人間は他者によって多くあらしめられている。ほめるものがなく、面白がるものもなければ、その魅力を維持するのはむずかしい。成績の悪い子は、その人格の魅力も失ってしまう。それは社会へ出ても、同様で、「経済力」のある者、「仕事」の出来る者が「えらい」ということになり、その他の魅力を口にする人は少ない。かつては、それでも金銭のみを追求する人間は「俗物」であるというような別の価値基準があったが、今はほとんどそれも死語となっている。

しかし、社会を本当に豊かにするのは、高度経済成長のリーダーか、そこからこぼれ落ちた人々か、分ったものではないと思うのである。テレビ局が直接ストーリーと関わりのないシーンを切り捨てたように、いまの社会は、経済に貢献しない人々を切り捨ててしまう。しかし、その切り捨てた個所にその映画の最良の部分があったかもしれないように、切り捨てた人々の中に、社会の最も良質の部分がないとどうしていえるか、というようなことを感じるのである。社会のエリートというような人と会い、「片隅」の人というような人と会い、しばしばそのように感じるのである。

とはいえ「真夜中の匂い」の木山祐作は、多分そう簡単に、多くの方々を魅するわけにはいかないかもしれない。

「現実」が嫌いである。「空想」の世界へ逃げたがり、怠け者である。一貫性もない。強さもない。

その彼に向い、他の登場人物は「現実」を見なさい、という。「空想」に遊ぶのはよせ、という。努力をすべきだ、一貫性を持て、強くあれ、という。

しかし、そういう人々が果して「現実」を本当に捉《とら》えているかというと、捉えたものを「現実」だと思いこんでいるにすぎなく、「空想」に遊ぶな、という人々も芝居がかるな、という人も、自身の「空想」や「芝居」に気がつかないだけなのではないだろうか。

たとえば、人は一歩外へ出れば（厳密には家に一人でいたってだが）芝居をする。決して「あるがまま」の自分などではいやしない。髪型ひとつ、シャツ一枚、靴一足をとってみても、それは「あるがまま」の自己表現ではなく「このように見られたい」という意味での自己表現である。つまり「芝居」をしている。そうした人々が、木山祐作の「芝居」に不快を感じたり、魅力を感じたりすることは、どういうことなのか?

木山は、いわば投げこまれた石なのである。諸々《もろもろ》のことについて、たとえば「愛」「努力」「一貫性」などなどについて、木山は投げこまれた石となる。

少くとも作者の願いは、そのようなものであった。そして、ただわずらわしい石が、徐々に人々を魅了し、人々はその石によって潤《うるお》い、しかし遂には排除してしまう。

その意図が果されたかどうかは作者には分らない。

（一九八四年）

教員室 (1984)

「教員室」については、インタビューがある。抄録させていただく。月刊「ドラマ」の昭和五十九年十月号からである。

＊

三年前にＮＨＫの名古屋で「ながらえば」を書いた時に、その一作に集中する力が非常に高いという気がしたんです。地方局の場合いろいろ制作条件が悪かったりするんですけどスタッフの集中という点については得がたい感じがあった。福岡のＮＨＫからやりませんかとお話があって、ぜひやらせて下さいとお願いしたんです。とにかく地方局が十何年ぶりでつくるドラマですから、お祭り性がなければスタッフも燃えないし話題にもなりにくい。しかし、お金はあまりかけられない。それがまず課題でしたが、その課題とは別に、学校のドラマを書けないか、という思いが少しずつぼくの中に育っていたのです。

一度も書いたことがなかったのは、ちょっと手に余るという思いがあったからです。しかし、子どももおりますし、無関心ではいられなかった。で、ものになるかどうか分らないけれど、学校を舞台にしたものはどうだろうとプロデューサーの和田智允さんに話したのです。じゃあ取材してみませんか、というのが発端でした。

——福岡での取材内容、そこで摑《つか》まれたもの、それがドラマとしてどう創られていったのか、お聞かせ下さい。

福岡の中学校を何校か見て歩いたんです。職員会議も見せていただきましたし、授業も二つほど出させていただいたし、給食も一緒に食べました。あとは先生方のお話うかがったり、夜、一人とか二人とか別個に先生と逢《あ》ってお酒飲んで、お話を聞いたりですね。

中学校を舞台にしたのは、今、中学に一番教育のひずみが現われていると思ったからです。高校の場合は、「入りたくなきゃ入らなくていいわけです。少くとも「お前ら勉強したくないのに、なんで来たんだ」と先生が言える、だけど中学校はそう言えない。高校はいいですよと先生の一人がおっしゃってました。

大半の教室は騒然とした感じでしたね。友だち同士で話していたり、寝ていたり、マンガを読んでいたり、その中で先生が声をはりあげて教えてらっしゃるんですね。先生の顔を見てる生徒は一人もいない。すごかったな。僕がいようと誰がいようと関係ないのね。ですから、そういう部分も書いてみたくなりましたけど、一時間であれもこれもというわけにはいかない。それと馴《な》れないスタッフで、沢山の子どもの、「整然とした芝居」ならともかく、「バラバラな芝居」をまとめて行くのは大変だろうと思いました。で、だんだん職員室で、先生だけのドラマはどうだろうと考えはじめたのです。それなら、スタッフも集中しやすいし、俳優さんも学校ものにしては少くてすむ。ドラマに馴れないスタッフも照明プランにしても、考えやすいし、職員室だけ、というのは話題性もあると思ったのです。

で、職員室に一日中座らせていただいた。一日中座っていると、陽差《ひざし》の流れとか、いろいろ見えてきますし、職員室にぼくもなじんでくる。ドアの音とかきしみとか、そういうものが頭に入ってしまうのはとても書く時いいですね。勿論《もちろん》、先生方は僕を意識してらっしゃるだろうから、ふだんとはどうしても違うと思いますけど、長時間にわたれば、そうそう他人行儀な口調ばっかりで仲間同士話せないでしょうし、ふだんはこうなんだなというのが窺《うかが》える。大体、教室や職員室なんか見せたくないでしょうに、快く取材させて下さったその中学校には感謝しております。ドラマの内容は、その学校とはまったく無縁ですが、ディテールでは、ほんとうに参考になりました。

しかし、一時間という制約の中では、取材したものの何十分の一しか書けないわけですね。校長、教頭のお話とか、まだ入ったばかりの先生のお話、ベテランの先生のお話、商社に勤めてて教師になったとか、警察官だった先生とか、いろいろな方がいらっしゃる。そういう方たちのお話を聞くと、一つ一つで一時間のドラマが出来ちゃうくらいでね、ドラマの本当のあり方とすれば、そうした素材のどれか一つだけで一時間じっくり書くのが本来なのかもわからないって気もしたんですけど、正直いうと限定したくないという気持になっちゃったんだな。

それで、いってみればドラマのレベルをある次元に統一して綺麗《きれい》に仕上げるのをやめようと考えたんですね。子どもにどう対応するかという教師のレベルの問題、労働者としての教師の問題、もっと人間的な、例えば嫉妬《しっと》であるとか、弱さ、孤独、もてるもてないというようなレベルのもの、そうしたものが、どんどんバラバラに出て来てしまうように書こうと思ったんです。まあ、人間の生活というものは、バラバラにいろんな問題が出てくるわけですね。人間には制度的な部分での問題もあるし、生理的な部分もあるし、感情的な部分もある。だけどまあ大体、統一とれた一時間ドラマだと情緒的レベルなら、情緒的レベルでまとめた方があがりはスッキリしますね。

しかし、今回は非常に抽象的な話をしてる時、突然、ある人間は暴力をふるいたくなったり、ある人間は保育所が閉ってしまうことを心配していたり、またある人間は精神不安定で錯乱してしまったりっていうふうな、そんなドラマが出来ないかと思ったのです。但《ただ》し、その一つ一つがドキリとするほどリアルというようなね。といって、これは俳優さんに申上《もうしあ》げたのですが、議論をしている人間は必ずしも議論をしているのではない。実は反対するためにしゃべっていたり、生徒に対する不信感や憎しみが根底にあってのこととか、むしろ感情レベルの比重の方が重い抽象的な議論をしてるというふうなことを、よく考えて欲しいとお願いしたんです。そこらへんで、いかに複雑性が出てくるか。単純な主張だけの人間も議論もないわけです。そのへん、俳優さんも楽しんでやって下さればいいなと思ったんです。

——中学生の暴力の問題が、ドラマの軸となってますが、それ自身がテーマではないわけですね。

ねらいとしては、教師のある日の現実がいろんな側面で切りとれればいいと思ったんです。それには何か主軸になるものがなければ見てらっしゃる方にはただバラバラな印象でしかなくなる。ある先生は「このカリキュラムはどうしましょう」と言い、ある先生は、「忘れものがありました」とか、そんなものを断片的に一時間拾ってみてもしょうがない——というか、そういうやり方も面白いかもしれませんが、今テレビを御覧下さる方の多くの視聴姿勢、集中度の悪さに応えるものとしては、あまり現実的な方法ではない。集中して見ていただくには、軸が必要です。で、生徒が殴り込んでくるというサスペンスをフィクションとして設定したわけです。

僕には、正直いって、教師がどうすべきかみたいなことはほとんどわからない。それに、数日の取材でドラマライターがそんなこと言うのは僭越《せんえつ》きわまりない。ただ僕が感じとったものを、ある暴力事件を軸にしていろんな側面で表現出来れば、と思ったんです。

（一九八五年）

ふぞろいの林檎たちⅡ（1985）

ボブ・グリーンのコラムに、セールスマンについて随分露骨な文章（『アメリカン・ビート』）があり、自分がセールスマンでなかったら、こんなことは書いてはいけないのではないかと思うほど救いのない短文で、つまり比喩《ひゆ》的には自分もセールスマンだといっているのかと読み返してもそうではなく、セールスマンという言葉は「世の中で最悪の運命」を思い起こさせるなどといって、自分がセールスマンにならずにすんだことにやたらほっとしたりしているのである。

さすがアメリカ人は率直だとか正直だとかいう人もいるだろうが、私には軽薄な物言いに思えた。ひとの人生をそんな風に要約してはいけない。

「毎日毎日、外に出て歩きまわり、電話をかけて、必ずしもいいとは思っていない商品を売り歩く。これほど偽善的な仕事も珍しい。とまで言いきらなくとも、少なくとも胸の内ではそう思っている。それが外商セールスの現実である。だからこそウンザリもさせられる。われわれはクリエイティヴな、生き生きとした、自由な精神を謳歌《おうか》する世代になるはずだった。なんにでもなれると思っていた。少なくともセールスマンになろうとは思っていなかった」

「セールスマンという仕事にヒロイズムがあるとすれば（私はあると思うが）、それは彼ら自身の胸のなかだけで、あるいはその家族の胸のなかだけで感ずることのできるものなのではないだろうか」（井上一馬訳）

では、他の人生は、どうなのか？　他の人生は「最悪の運命」を思い起こさせないというのだろうか？

私はこの脚本を書くために、何人ものセールスマンに会った。たしかにボブ・グリーンが怖れをなしている日々がないとはいわないが、そんなことをいえば私の人生だっていくらでも他人に怖気《おぞけ》をふるわせる部分を持っているし、きっとボブ・グリーンの人生だってそうなのだ。「生意気いっちゃいけない。ひとの人生、たかをくくっちゃいけないよ」と小さな文章がやたら気になって、私の会ったセールスマンの人々の目にこのコラムが触れないようにと願い、悪酔いし、私に会ってくれたセールスマンの男たちの中には、私よりずっと人格に力があり、私よりはるかに人生を楽しみ、幸福を感じる能力もある人がいたことを思い出したりしたのだった。

セールスマンだとか三流大学、三流会社だとか、そういう視点で、ひとの人生を要約することに反撥《はんぱつ》して書きはじめたのが、この作品であった。自作の中でパートⅡを書く値打ちのある世界だと、はじめて続篇を書くことにしたのがこの作品である。結局のところドラマというのは、要約を憎む人々のものなのではないだろうか、(などとドラマを要約すると、その要約から漏れるものをドラマから沢山感じてしまう人々こそそのものなのではないか)などと切りなく思うのである。

(一九八八年)

冬構え（1985）

「冬構え」は、はじめ九月初旬から撮影に入ることになっていた。取材旅行は初夏だった。

「十月になりませんか？　十月下旬から十一月にかけて」と私はいった。

それなら陸中、下北は晩秋である。「九月のはじめじゃ、まだ夏じゃありませんか。暑いさなかを老人がわざわざ旅に出ますか？」

「だって、どんな話かいわなかったじゃないですか。分ってりゃあ晩秋にしましたよ。内容分らずに、スタッフ、スタジオ、ロケスケジュールを確保しなけりゃならなかったんです」とプロデューサーの岡田勝さんは至極《しごく》すげない。

秋だったらよかったんだけどなあ。晩秋の東北を笠智衆さんが、ひとり行く。これでなくちゃあなあ。

昭和五十九年の夏は、ひどい暑さで、その真夏の盛りに、この作品は書いた。晩秋に撮影してくれないかなあ。それればかり思っていた。

ところが、それどころではないことが起こった。暑さですっかり笠さんが、まいってしまわれたというのである。とてもこんな長い作品の主役は務まらない。よしんば引受けても、途中で倒れてしまうだろう。そうおっしゃっているというのである。

「では、九月は諦《あきら》めて、十月まで待つと申上《もうしあ》げたんです」と岡田さんがいう。私は電話口で、とび上って喜んだ。

「それはもうそうすべきです。大体笠さんに残暑の路上で芝居をして貰《もら》おうと思ったことが、傲慢《ごうまん》だったんです」

「いえ、ところがですね」岡田さんは声をひそめていう。「笠さんが、おっしゃるにはですね」

「はい」

「自分はもう齢《よわい》八十である。衰えは、夏が過ぎれば回復するというものではない。秋になろうと冬になろうと、もう主役は無理なのです」

私は衝撃を受け、受話器が重くなった。

「もしもし、もしもし」

「はい」

「もう少し押してみますけど」

「いえ」と私はいった。「あの生真面目《きまじめ》な笠さんが、そうおっしゃるのは、よくよくのことでしょう。諦めます。押さないで下さい。その代り、この作品は笠さん以外には考えられないので、とりやめにして下さい」

　ここにいたっても笠さんが、この作品を気に入らなくてそうおっしゃっているのかもしれないとは少しも思わなかったのだから私も相当いい気なものだが、自信があったのである。そして、とりやめということになってしまった。

　撮影がはじまっているはずの九月、私は仕事に力が入らず、空ばかり見ていた。涼しくなった。

　すると笠さんがやってみる、とおっしゃっているという知らせが入った。演出の深町幸男さんと岡田さんが、諦めずに時折笠さんを訪ねてくれていたのである。

　嬉《うれ》しかった。万事、思い通りになった。

　晩秋のロケになった。NHKのスタッフは、笠さんのために車椅子《くるまいす》を用意し、嫌《いや》だといっても笠さんに座っていただき、移動は寝台つきの自動車で、いつも笠さん係が一人つき、彼は風呂で笠さんの背中を流した光栄を私に話してくれた。

　六十年二月の試写を、私は笠さんと沢村貞子さんにはさまれて見た。終ってお二人と乾杯をした。笠さんはとてもお元気で、実にめずらしく、御自分の演技について気に入っていらっしゃるようなことをほんの少しおっしゃった。こっちは少しどころか大満足だった。

「また、一緒にやりましょう」

帰りがけ笠さんはそういって、ずしりと重いほど鳩サブレー（鎌倉のお菓子）を下さった。大船のお宅から、ずっと提げて持って来て下さったのだった。

（一九八五年）

シャツの店 (1986)

この世には抗《あらが》いにくい真実というものがあり、筆頭はおそらく「人は必ず死ぬ」というようなことだろうが、「ひとの痛みは分らない」というのも相当に抗いがたい真実なのではないかと思う。

痛みだけではない。自分以外の人間の喜びも悲しみもくすぐったさもかゆみも嫌悪も孤独も怖れも美に対する感覚といったことでも、少し立入ればおそらく分らない。人間はそれほど複雑ではない、むしろ共通性によって大半が形成されているという人もいるだろうが、そういう人も余程の楽天家でない限り、他者の不可解さをなにもかも否定はしないだろう。

一方では、他者どころか自分の痛みだって分らない、という人もいる。

たしかに、自分では幸福のつもりが意識下の不満が身体に出て首が曲ったままになったなどという事例にも私たちは事欠かない。

まあ通常はそんなに極端な議論はしないで、「分ってくれない」と泣かれたり分ろうと努めたり分ったふりをしたり匙《さじ》を投げたり分ったような気がしたりして曖昧《あいまい》に生きているわけだが、根源的ないい方をすれば、やはり分らないというのが抗いがたいところだろうと思う。

この数年「男は女を分ろうとしない」という女性の声が大きくなり、たしかに姿勢としては男の側にそういわれても仕様がないところが多々あるから、そうした声によって私を含めた鈍感なる男どもが変化して行くことは、いささかの皮肉も含まずにキツイけれども気持のいいことだと思っているのだが、一方で女性に意識的になったぶん、その分らなさの深度は増すばかりで、男と女の間の深淵は泣きだしたいようだという思いも強いのである。

「シャツの店」のモチーフはそんなところにあるなどと解説めいた口をきいて得るものはなにもないのだが、議論のレベルでいくら結着がついてもなにもならないというような手に負えないものを男女が抱えていることも私には抗いがたい真実に思える。

もっともこんないい方は、失笑をかうかもしれない。軽い会話劇を語るのに、なにを大仰《おおぎょう》な、と。

しかし、作中人物のいい草ではないが、傍目《はため》にはどうということもない仕事でも、結構当事者は内心本気で大上段にふりかぶっているものなのである。

大上段にふりかぶって鶴田浩二さんの魅力に別の光をあてたいとも思っていた。

鶴田さんはかつて、軽佻浮薄《けいちょうふはく》な色男を演じて魅力的な時期があり、その軽みで他を圧していた。

中年期以降は、重厚な人物に抑さえた色気をただよわせるというような場で天下一品なのであるが、「男たちの旅路」「獅子《しし》の時代」（大久保利通になっていただいた）とおつき合いいただきながら（無論それらの鶴田さんも素晴しかったが）いつか軽みの鶴田さんで、肩の力を抜いた楽しい小品を書けないものかと思っていた。

とはいえ、青年期のような軽みを、成熟期の鶴田さんに下手に要求すれば、築き上げて来られた魅力に水をかけるような所業になりかねない。そのあたりのほどのとりかたがこの作品の「芸」である、といえば口はばったいが、ひとつの勝負どころではあった。

ことほど左様にドラマづくりには「テーマ」とか「いいたいこと」とはほとんど関わりのない楽しみや苦労があり、そのようなところでなにものも達成していない作品は、結局のところ駄作という他はない。「いいたいこと」を過不足なく書いたって、鶴田さんと平田満さんの掛け合いのリズムがうまくとれなければなにもならない。

その平田満さん、八千草薫さん、杉浦直樹さん、井川比佐志さんと芸達者を得たことは、この作品の幸運であった。本ではお伝え出来ないが、演出の深町幸男さんの芸も、放送でビデオで再放送でお楽しみいただければ幸いである。

更に付言させていただくと、プロデューサーの近藤晋さんが、この作品を最後にNHKを退職なさった。これからは仕事の場を民放に拡げて活躍なさるというのだから、ちっともしめっぽい話ではないのだが、永年御一緒させていただいた名プロデューサーの退職はやはり感慨がある。終りの仕事を私と、といって下さったことを光栄にも思っている。お礼を申上《もうしあ》げたい。

撮影がすべて終ったとき鶴田さんは私に向い「気に入らないかもしれないが、私としてはせい一杯やった」と静かにおっしゃった。禁酒なさっていた。気に入らないなんてとんでもなかった。仕事はじめにミシンの前に座っただけで、鶴田さんには一流の職人の品格と色気がただよい、以後私は感嘆し続けていたのである。

（一九八六年）

大人になるまでガマンする（1986）

たとえば、アメリカの子どもが神様にあてた手紙がある。

かみさま
どうして　よる　おひさまを　どけてしまうの
ですか？　いちばん　ひつような　ときなのに。
わたしは　七《なな》さいです
バーバラ
——谷川俊太郎訳『かみさまへのてがみ』

こういうものには、本当にまいってしまう。
二十年ほど前、岡本潤さんの『こどもの詩が世界を変える』という名著があって、その中の詩を何度も愛読した。その中から一つだけ引用してみよう。

むし人間

石川せき子

クラスのみんなをおかまの中へつめた
ガギュッ、ガギュッ、と音がした

もうじきむさるころだ
ふたをあけてみよう

みんなをかまの中から出した
みんな真赤だ、

魚屋へ　せいぼのかわりに
むし人間を三六人やった。

魚屋のおばさんは
それを店に出した。

子どもの詩など詩ではない、という人もいる。だったら別に詩と呼ばなくてもいいのである。ともあれ、子どもの書いたこのような文章に出逢《であ》うと、自分の頭の固さを思い知らされる。

神戸で小学校の先生をなさっている鹿島和夫さんから、『一年一組せんせいあのね』という本を贈っていただいたのは、三、四年前だったろうか。これには多くの人が感服して、たちまち『続一年一組せんせいあのね』が出され、全部で三十万部を超すロングセラーだそうである。この本から一つだけというのは、なかなか難しいのだが、こんなのは、どうだろうか？

おとうさん　　　六才　やなぎ　ますみ

おとうさんのかえりがおそかったので
おかあさんはおこって
いえじゅうのかぎを
ぜんぶしめてしまいました
それやのに

あさになったら
おとうさんはねていました

こういうドラマを書きたいと思った。

しかし、一年生を主役にするというのは相当に難しい。当然他にもその年齢の子どもがいろいろ出て来ることになるし、テレビの撮影日数で六歳ぐらいの子どもを十数人拘束して、なおいきいきと撮影するというのは、至難のことである。頭の隅にありながら、前にすすまぬまま他の仕事に追われていた。

そのうち、小学校の五、六年生が気になりだした。遅い電車で、よく見かけるのである。塾のカバンを肩からかけたり、サブザックのようなものを背負って、参考書を見ていたりする。夜の十一時近い電車でも見かけるのである。

日曜日の朝、八時頃の電車は、かなり空《す》いている。用事があってその頃に乗ると、何人もの勉強仕度の子どもたちを見るのである。

気になって立入ってみると、ファミコンに夢中などという小学生像とはまったく違う、信じられないような難しい問題を短時間に解くことを競っている（正確には競わされている）小学生たちの日々が目の前に現われたのである。その勉強の強制は、ほとんど暴力的なケースもあり、しかし小学生はあまり抗議をしたり反抗をしたりしない。中学生はまだしも叫び声をあげる。人の目もその病理に集まる。しかし、実はいま社会の歪《ひず》みが生んだ圧力は一番小学校高学年に及んでいるのではないか。

とはいえ、子どもが善玉で、親もしくは教師または塾が悪玉であるというような割り切りかたは私には出来ない。歪みの根源は、おそらく映像にしやすい部分にはない。じたばたしている親たち、その中でいためつけられたり理不尽な目にあったり、嘘《うそ》をついたり怠けたり喧嘩《けんか》をしたり、兄弟を大好きだったり誰かに裏切られたり、勉強を一所懸命やったりしている子どもたちを描きたいと思った。いきいき描ければいいと思った。

そこへ見る見る浮上して来たのが『一年一組せんせいあのね』である。弟にすればいい。妹でもいい。本の中の素晴しい「詩」を、なんとか使うことは出来ないか？　鹿島先生と、共著者である灰谷健次郎さんにお願いした。おふたりは、子どもたちが傷つくことを何より心配になさった。自分の書いた「詩」が、ドラマの中で、架空の子どもの書いた「詩」として登場することは、人によっては不快なことかもしれない。一方で同じことを喜んでくれる子どももいるだろう。そうなると私には予想がつかない。おふたりの返事に従うしかない。毎日息をひそめるようにして、返事を待った。

そして、出版社（理論社）を通してお許しをいただいた。おふたりと、その「詩」を使わせていただいた小学生のみなさんに、心から御礼を申上《もうしあ》げます。おかげで、どれほどこのドラマに、笑いと潤いと幅が得られたか分らない。

もうひとつ、書く前に、読ませていただいた本がある。スタジオ・アヌーというグループが、百七十四人の子どもにインタビューをした『子供!』(晶文社)といういい本である。この本は、ドラマに入れてみたいさまざまないい分、感情、出来事に満ちているが、ドラマも貧弱ながら一種の生きものであり、いいものはなんでも身内に入れてしまえというわけにはいかない。具体的には、ほとんど使わせていただいてはいないが、子どもの世界に足を踏み入れる時、何よりの先行者であった。みなさんに、心から御礼を申上げます。

この作品の演出は恩地日出夫さんである。二十年以上前、東宝映画に「あこがれ」という小品があった。その監督が恩地さんであり、シナリオは私であった。

二度目の仕事が、このドラマである。

なかなか機会がなかった。しかしお仕事振りは、よく承知していて、テレビでは「戦後最大の誘拐——吉展《よしのぶ》ちゃん事件」(昭和五十五年度テレビ大賞)、映画では一昨年の「生きてみたいもう一度」に、とりわけ感嘆した。いつか一緒にドラマをつくれないものかと願っていた。子どもの演出というものは、誰にでも出来るというものではない。試写を見て、改めてその腕前に敬意を抱いた。

(一九八六年)

深夜にようこそ（1986）

去年はアパートを借りていた。

電話をひいたが緊急用で、番号を知っているのは、ほんの数人だった。ベルは、ほとんど鳴らなかった。

そんなことは淋《さび》しく思わなくてはいけない。誰からも声をかけられない人生は随分つらいはずなのだ。

しかし、あのころは、アパートにいると安息の日々という気がした。神経の弱い話だ。私は他人からその種の話を聞くと、内心いらいらしたものだ。電話ぐらいがなんだ。神経にこたえるとかいって、実はいっぱい電話がかかって来ることを自慢したいのではないのか？　ぼくは電話なんか平気だ。どんな細《こま》かい味を狙っている時だって、1／2秒で頭をきりかえる。そして、また1／2秒で書いている世界へ戻るさ。

そんな風に思っていた。

しかし、急にまいって来た。ベルが鳴ると動悸《どうき》が激しくなり、机に顔を伏せてその音を受け入れるまで何十秒かかかったりした。

自分の弱さを認めるのは嫌《いや》だったが、それも一種の弱さだとある日決心してアパートを借りて逃げ出した。強がりをいう気はないが、そんな神経症はとっくに克服して、いまはアパートも引払って、いつ鳴るかも分らない電話を三十センチとはなれていないところに二台も置いて、二台一緒にかかって来たって立派に立向う用意がある。

しかし、いまは電話の話をしたいのではない。アパートの夜中の空腹について書こうとして、どうしていい年をした男がひとりでアパートにいるのか、という説明をしたのである。女房とはうまくやっている。

で、アパートでひとりで仕事をしていると夕方がやって来る。腹がすいてくる。しかし、調子がいい時は立ちたくないものだ。調子の悪い時は起き上りたくもない。ぼんやり天井を見ているうちに夜中になってしまう。その頃に空腹の限界がやって来る。よろよろと外へ出ると、住宅地はもう誰も歩いていない。坂をおりると、私鉄の小さな駅がある。しかし、とっくに終電が行ってしまい、ホームも灯《あか》りを落している。駅前商店街も、ただシャッターの連続だ。二、三軒あるのみ屋も暗い。

戻ってスパゲッティでもゆでるか？　粉チーズをかければ、なんとか食べられるかもしれない。のりを揉《も》んでかけてもいいか。しかし、スパゲッティは、結構時間がかかるからなあ。お湯を沸かすのに十分、ゆでるのに十七、八分。これから戻って、そんなことをするのは、ものすごく面倒だな、と踏切りに立っている。レールがひんやりと光ってカーブしている。

踏切りの向うは、また住宅地だ。これ以上先へ行っても仕様がない。

しかし、あの先の道路に漏れている灯りはなんだ？　いやに明るいじゃないか。踏切りを渡る。住宅地の道の二ブロックほど先に、灯りがある。商店だ。ひらいている商店の灯りだ。急ぎ足になる。予感がある。そうだ。そういえば、この頃のコンビニエンス・ストアは二十四時間やっているという新聞記事を読んだ。これかァ。これなんだ。オレみたいなのが、都会にはきっと商売になるくらいいるんだ。

「いらっしゃいませ」

「あ、こんばんは」

私はそういってにっこり笑ってしまったが、それだけの値打ちはあった。満たされたのは空腹だけではなかった。オアシスだな。都会の深夜のオアシスだ。

勿論《もちろん》取材してみれば、夜中の空腹男の興奮とは相当かけはなれた現実もあるのだが、深夜の都会にぽつんとともる灯りに、オアシスを感じる人も少なくないにちがいない。

大山勝美さんと、久し振りにがっちり組んだ仕事が「深夜にようこそ」である。四回で終ったので打ち切りだなどといいふらす人もいたが、そんな事はなく、視聴率もよかった。はじめ大山さんと二時間の単発ドラマをやるつもりだった。スケジュールもそのようにとり、次の仕事に入る日の約束もしてしまった。それから、金曜十時の連続ドラマにならないかという申し出を受けたのである。四回がぎりぎりの回数であった。

大山さんと、吉祥寺で二軒西荻で二軒所沢で一軒高島平で一軒のコンビニエンス・ストアを取材した。

二人で歩いていると昔のことを思い出した。昭和四十七年、はじめて大山さんと組んだ仕事が「知らない同志」というスーパーマーケットを舞台にした連続ドラマだったのである。その時は西友を取材させて貰《もら》った。しかし、今度の取材中は、いやその後も、そんな思い出を語り合うということはなかった。キャスト、テーマ、ストーリーと打ち合わせることが多くて忙しく、別れて帰る道で、またふと昔の思い出が横切るのだった。

（一九八七年）

時にはいっしょに（1986）

東京郊外の駅の周辺には、どこでも自転車が溢《あふ》れている。

地価が高く、駅から遠いところに家を持つ人が多い。大抵の場所にはバスが行っているけれど、一時間に二本とか三本という路線も少なくない。自転車はほとんど必需品なのである。

何台もの自転車がキラキラ光りながら郊外を走るドラマを書きたいと思った。

家族全員が自転車を持っていて、みんなが家にいると、門の中にその数だけ自転車が並んでいる。一人欠けると一台減っている。父親がいないと父親の自転車がない。母親がいないと母親の自転車がない。ひまわりの咲く中を走る自転車。稲穂《いなほ》のそよぐ中を行く自転車。ケーキのような真新しい建売り住宅の並ぶ坂道をのぼる自転車。青空と白い雲を背景に、自転車と自転車が出逢《であ》う。夜道の淋《さび》しい車輪の音。枯葉の中の自転車。路傍に捨てられたように倒れている自転車。シンボルとしての自転車。

ドラマはこのようにして生まれはじめることもあって、そういう時はテーマとか物語などは二の次三の次なのである。

　まず人物が浮かんでくる。高校生ぐらいの姉弟がいいなあと思う。姉さんが高校三年生、弟が一年生。二人ともきっと自転車が似合うだろう。

　仲が良い。しかし、ただ仲が良いというのでは、見ている人は「バカみたい」と感じるだろう。場合によっては、いやらしくさえなってしまう。

　二人ははじめ自分たちが仲が良いことに気がついていないのだ。すぐ口喧嘩《くちげんか》をしてしまう。こんな弟じゃなかったらどんなにいいだろうと思ったり、もっと優しい姉さんだったらオレの性格ももう少しましになっていたなどと頭に来たりしている。

ところが突然二人は、別れることになってしまう。すると二人は、お互いが大好きだったことに気がつくのだ。別れて住むのは、とても淋しいことだと思うのだ。

　それにしても、何故《なぜ》ふたりは別れるのだ？　父親の単身赴任に娘がついて行く？　まさかね。ないとはいえないだろうが、あまりリアリティがない。離婚は、どうだろう？

「え？　そんなのありなの？　離婚などという人生の重要なドラマを、思いつきで設定するの？　そんなにライターって軽薄なの？」と怒る人がいるかもしれない。

　確かに、そういうところもあるのである。昔「アンリエットの巴里祭《パリさい》」というジュリアン・デュビビエの映画で、シナリオライターがふたり街中で激論しているシーンがあった。「それじゃあ、あいつを思い切って殺しちまおうじゃないか」「だからいってるだろう。殺すなら女の方が先だよ」

映画のストーリーの議論なのだが、会話を耳にした街を行く人は、びっくりしてしまう。

確かに、ドラマライターには、人生の大事を弄《もてあそ》ぶようなところがある。しかし、それはフィクションが持たざるを得ない根源的な後ろめたさのようなもので、多分私のせいではない。問われるのはこのようにしてひらけて来た世界を、どう受けとめ、どう描いて行ったかだろう。

ともあれ、このようにして離婚が、書こうとしているドラマに登場し、登場してみれば、飾りのように扱える素材ではなく、否応《いやおう》なしに母家《おもや》を奪われる形になった。

離婚は、はじめての題材である。

家庭の崩壊を描いた、などとよくいわれるのだが、今まで離婚に至る話は書いたことがない。しかし、書くものが絶えずその周辺にいたことは事実で、いつか書くことになるだろうという思いは長い間心の底にあった。いよいよだな、と思った。

私は少し自分が嫌いな人が好きである。

あるがままの自分でなにが悪い？　とひらき直ったような人は苦手で、自分の欠点を知っていて、なるべく隠そうと努め、出来たらあるがままより少しはましになりたいと考えているような人が、どちらかといえば好きである。

離婚で夫婦が我《が》をぶつけ合い、子どもは子どもで、こんなめにあってはぐれても当然だと荒れたりするドラマは書きたくなかった。「時にはいっしょに」という、苦いといえば苦い、淋しいといえば淋しい言葉を、ばらばらになった家族がある時静かに口にするというようなラストシーンを描きたかった。まったく人間なんて、手におえない代物《しろもの》で、一人ではいられないし、一緒に住めば縛り合う。そうした現実を思い知った四人が、しかしなお自分の中に人を求めずにはいられない飢えのあることを受けとめ、「時にはいっしょに」と口にする。

そんなところに（なにも離婚をした家族に限らない）新しい家族関係の糸口があるのではないか、などとも思うのである。

（一九八六年）

友だち（1987）

バードウォッチングが前から気になっていた。鳥を見て写真を撮《と》るとか捕まえて焼鳥にしてしまうというのはよく分るのだが、ただ見て終りというのがよく分らなかった。無論鳥を見る楽しみは私も知っている。ヴェランダや庭に来る鳥を思わず目で追っているということはよくあることだ。しかし、暗いうちから起きて遠くまで出掛けて半日見て倦《あ》きないということになると、私はとてもやりそうもないのである。

大井へ出掛ける前に、作家の加藤幸子さんからお話を伺《うかが》った。埋立地はいま水鳥の世界だが、都はそこへ築地の市場を移そうとしている。その計画の縮小を加藤さんたちが求めたのである。市民運動は成功して、かなりの土地が野鳥公園として残ることになった。しかしそれは現状のまま残すというのではなく、かなり整備されるとのことで、私の歩いた埋立地は、あちこちにブルドーザーが入っていて、丈の高い枯草の群生を分けるとパワーシャベルが方向転換をしているといった状態で、水鳥のいるのは、ごく限られた数カ所であった。その結果がどうであったかは、かなり作品に語らせたつもりである。見ること、なにかをじっと動かずに長く見ることに対する私の複合感情は、これからも意識下に保存され、時折浮上して来そうである。つまり、あまり根気よく観察を楽しめなかったのであった。

もっとも「友だち」の主題はそこにはない。

中年期の男女の友情のようなものを書きたかったのである。配偶者が出来てしまうと、なかなか異性とのつき合いはむずかしい。だからといってつき合わなければ、配偶者以外に異性はいないということになってしまう。「お前しかいない」「あなただけだわ」という夫婦物語は美しくないこともないが、誰もがそううまく幸福感を獲得出来るものではない。すると、たちまち浮気とか不倫とかいうことになってしまう。

そうではない異性とのつき合いというのは、あり得ないことなのだろうか？

「あり得ません」と壮司を演じて下さった井川比佐志さんが、少し酔っぱらっていった。「それは山田さんの夢でね。そんなことはあり得ない。しかし、いかにもありそうに見せてしまうのが、俳優の役割りだと思ってます」

そうかなあ。やっぱりそうかねえ？　と私は溜息《ためいき》をついた。しかし、隣にいた河原崎長一郎さんも、うつみ宮土理さんも「あり得ますよ。絶対あると思うなあ」などとはいってくれなかった。黙っていた。

でもね。なんて、どんどん話体になってしまいますが、知り合って気が合って仲良くなると、もう寝るしかないっていうのもあんまり通俗じゃあないですか。「そう」と内海桂子さんがいって下さる。「寝ちゃえばお互い獣《けだもの》だものね。寝たいのに寝ないってのはいいもんよ」

我慢して寝ない。男と女のモヤモヤしたものはたっぷり持ちながら、友人でいる。「そんなのつまんなーい」という人がいたりして、私の周辺では異性の友情物語は旗色が悪いのですが、若い時ならそれも当然ですが、中年になってなら、一人ぐらいそういう関係の異性がいるっていうのもいいと思うのですが、どんなものでしょうか？

ところで、倍賞千恵子さんが、素晴しい女振りでした。この役は倍賞さんしかいない、と強く私は執着したのでした。ためらっていると聞いて、渋谷の地下の風変りな喫茶店で、一所懸命説得しました。脚本がないのですから、ためらうのも無理はありませんが、私の方は俳優さんが決まらなければ書き出せないのですから、いささか強引に承知していただいたのでした。完成して、あちらがどう思っているか、内心のことは分りませんが、私の方は「執着してよかった」と心から思っています。

深町幸男さんとの仕事はこれで四本目です。「夕暮れて」「冬構え」「シャツの店」どれをとっても、演出が深町さんでなければ書かなかった作品だという気がします。小説とちがって、テレビドラマは関係の産物だと改めて思います。たとえば「ふぞろいの林檎《りんご》たち」は、深町さんとの関係ではまずあり得ません。演出家、プロデューサーによって、私の中の浮上して来るものが、かなり違って来るのです。そして私は、各局でいい人たちとめぐり合えたと強い幸運を感じています。虫がいいようですが、更に多くの面白い人とめぐり合いたい。たとえばサスペンスが大好きという人とつき合い出したら、と想像すると、今まで書かなかった世界がどんどん拡がって来るのです。

（一九八七年）

今朝の秋（1987）／春までの祭（1989）

私は時々自分が冷血で強引で根拠のない自信を持った鼻持ちならない人間に思えて、狭い仕事場の本棚の裏の薄暗い片隅にとじこもって膝《ひざ》をかかえてしまう。

それでも翌日はまた気をとり直して、もう一度挑戦してみようと思うのだ。

なにに？　笠智衆さんにだ。

笠さんが仕事に入る前の逡巡《しゅんじゅん》は大変なものなのである。体力に不安を抱いていらっしゃる。当り前のことだ。誰が八十を越して自信たっぷりでいられるだろう。

「冬構え」という作品を書いた時、私はそれをはじめて体験した。書き上げた脚本を読んでいただくと、このような長い作品（一時間半だった）の主役を演じる体力は自分にはもうないとおっしゃった。勿論《もちろん》、脚本が気に入らなくて断る口実としてそうおっしゃっているのかもしれないと思うべきだったが、そういう反省はせず、言葉通りに受けとって私は悲しんだ。

ところが三カ月後、笠さんからやってもいいというお返事をいただいたのである。

更に二カ月後作品は完成した。笠さんは素晴しかった。

するとまた欲が出て来てしまう。

演出家の深町幸男さんが、NHKを定年退職なさる前の最後の作品を書かないかといって下さった時、笠さんとやれるなら、とこたえてしまった。なにしろ笠さんほど魅力のある俳優さんを私は他に知らない。

いまだに私は笠さんの前へ行くと敬意のあまり硬直して、お目にかかれたことを誇りにも喜びにも思いながら十分ぐらいでへとへとになり逃げ出したくなってしまう。しかし笠さんと仕事の出来る機会はいつも求めていて、笠さんに失礼にならないと判断した時は、笠さんとやれるなら、ととどめようもなくいい出してしまうのだ。

もとより深町さんにも異議はなかった。

ところが深町さんは一九八七年の九月一日で退職なさるのである。つまり最後の作品は真夏に撮影しなければならないというスケジュールなのであった。

笠さんは毎年、真夏は仕事をなさらない。それは知っていた。プロデューサーの松尾さんが伺《うかが》うと、やはりそうおっしゃっている。夏は蓼科《たてしな》の別荘でお過ごしになるという。八十をすぎて夏休みをおとりになることになんの不思議があるだろう。

では、蓼科を舞台にした作品は、どうだろうか？　別荘から一、二分のところを主要なロケ地に選んで物語をつくったら、どうだろうか？

そんな強引なことを誰が思いついたかというと、私なのである。深町さんと松尾さんがお願いに行ってくれた。私はそんなひどいことを、とても笠さんにはいい出せない。しかし、深町さんという有能な演出家と笠さんという組合せは、どうしても諦《あきら》められなかった。

「今朝の秋」はそのようにして完成した。

蓼科を舞台といっても、セットは渋谷のＮＨＫのスタジオである。結局笠さんには東京へもおいでいただくことになり、本当に御迷惑をかけた。しかし、笠さんはまたしても素晴しかった。

杉浦直樹さんの名演も忘れ難い。

そしてこの作品は加藤嘉さんの遺作ということにもなってしまった。

加藤さんの告別式の日、葬儀のはじまるのを待って控え室の隅にいると、杉村春子さんが静かに近づいて来られ「こんなところでなんですけれど、テレビのドラマで、あんなにみんなから賞《ほ》められた作品ははじめてでした。ありがとう」と小さくおっしゃって離れて行かれた。私は「それは――」と固く一礼しただけで、あとはただ胸をつかれて立ちつくしていた。杉村春子さんが素晴しかったのは、いうまでもない。とりわけ、秋になってからの最後の場面の笠さんと二人のやりとりは、言葉のひとつひとつが杉村さんを通すことで独特の味わいを得て、ライター冥利《みようり》に尽きる思いであった。

だからもう、私はそれでひき下がるべきであった。あれほどためらう笠さんに強引にお願いして杉村さんにも出ていただいて「今朝の秋」のような作品が出来たのだから、更に求めてはいけないと思っていた。

ところがフジテレビのプロデューサー中村敏夫さんが、演出の河村雄太郎さんと拙宅に見え、開局三十周年記念のドラマを吉永小百合さんで書く気はないか、とおっしゃって下さると、笠さんが出て下さるなら、と口走っていたのである。そういう自分を面白がっているのではない。こんなことをいい出してはいけない、笠さんと仕事をしたい脚本家・演出家はいくらでもいる、独占するように続けてお願いしてはいけない、と思いながら、はじめて念願の吉永さんと仕事が出来るなら、その吉永さんの横にどうしても笠さんを配したいと、自制することが出来ずに申出ていたのである。

それが「春までの祭」である。

笠さんは断って来られた。

「今朝の秋」のあと手術をなさっている。漸《よう》く回復したかどうかという時に、このような大きな役は絶対に無理だとおっしゃり、それは逡巡というようなものではなく、ほとんど拒絶であった。

しかし結局（詳述は避ける。無理を申上《もうしあ》げたのだ）御承諾いただき、本当にまたしても笠さんは、実に素晴しかった。台詞《せりふ》は完璧で一度もＮＧがないという充実したお仕事ぶりであった。

勿論、吉永さん藤竜也さん野際陽子さんの素晴しさも忘れることは出来ない。「早春スケッチブック」からの河村雄太郎さんとの仕事の中でも、とりわけ思い出深い作品である。

しかしまあ考えていただきたい。

たしかに私は強引であったが、敬愛する笠さんの大切な時間をいただくのである。それに価する脚本を書かなければいけないという圧迫は大変なものであった。

（一九八九年）

なつかしい春が来た（1988）／あなたが大好き（1988）／表通りへぬける地図（1988）

「なつかしい春が来た」は一九八八年のフジテレビの正月ドラマである。諸星という浅草・合羽橋《かっぱばし》の家族の物語だが、まさしく「諸星」で、スターが綺羅星《きらほし》の如《ごと》く集って下さり、私はそれぞれのシーンを楽しんで書いた。ちょっとフランスのブルヴァールのような味を狙った。この作品はもう俳優さんおひとりずつについて書きはじめたらきりがない。

ただ益田喜頓さんの、あたたかくて可笑《おか》しくてしみじみとした味わいについては書き留めないわけにはいかない。

大学生の頃、私は新劇よりも軽演劇といわれる舞台の方が好きであった。日比谷の宝塚劇場や帝劇のいわゆる「東宝ミュージカル」というような作品を、天井桟敷でよく見ているのである。

その中で、とりわけわくわくしたのが、喜頓さんと三木のり平さんの舞台であった。後年「高原へいらっしゃい」というドラマで、喜頓さんに大事な役をお願いし御快諾をいただいた時は、なんだか賞でも貰《もら》ったような達成感があった。「喜頓さんにお願いしたら、出て下さるって」と父に話すと、「そうか。あの連中は、まったくすごかったからなあ」と戦前のあきれたぼういずの頃の物凄《ものすご》い人気を知っていて喜んでくれた。実は私も浅草花月の舞台を見ているのであるが、小学校に入るか入らないという頃で、口惜《くや》しいがぼんやりとしか記憶がない。喜頓さんは、私にはまず戦後の日比谷の舞台であった。

そんなことを申上《もうしあ》げると、喜頓さんは、あの飄々《ひょうひょう》とした（この言葉が喜頓さんほど似合う俳優さんもないだろう。これからもそうそう出てくるとは思えない。大正・昭和前期の東京文化が育《はぐ》くんだ財産という気がしてしまう）――照れているような照れていないような、あのよく分らない独特の目で「そうですか」とうなずき、案外饒舌《じょうぜつ》にその頃の話をして下さった。そのついでに伺《うかが》うと、お住いが合羽橋と浅草ビューホテル（国際劇場のあとに出来た高層ホテルである）の中間あたりにあるとおっしゃった。

私はこのドラマを、浅草ビューホテルに泊り、久し振りで故郷浅草の感触を摑《つか》み直すことからはじめた。知らずに喜頓さんのお宅のあたりをうろうろしていたのであった。その時の副産物が第一回の山本周五郎賞を受けた小説『異人たちとの夏』である。共に幽霊が出てくるが、テレビと小説では、このように違ってしまうというあたりもお楽しみいただけたら幸いである。

下町へ流れた話のままに続けると「あなたが大好き」ということになる。

これは久し振りのTBSで、久し振りの高橋一郎さんとの仕事であった。

気負わずに気持のいい話をつくりたいですね、というようなところからはじまった。物語は平凡で、しかし人物や台詞《せりふ》や演出の細部にプロの技術が行き渡っているようなものをつくろうじゃありませんか、と赤坂の天ぷら屋のカウンターでビールをのみながら話した。高橋さんがビールをどんどんのむのには驚いた。まさか十本はのまなかったと思うけれど、そのぐらい林立させた印象で、とても鬱屈《うっくつ》を感じた。

不満めいたことはなにもいわないのだが、つくりたいドラマがつくりにくくなっている時代への無念のようなものを強く感じた。

私は何度もこんな言葉が口から出そうになった。

「気負わずに気持のいい話を、なんてよしましょう。気負った気持の悪い話を異物のように今のテレビの中に投げ込みましょう」

しかし、そんなことをして、有能で得難い演出家の可能性をつぶすようなことは出来なかった。連続ドラマならともかく、短篇一本では、そういうものをつくってもおびただしい番組の中に埋れてほとんど力になり得ない。その代り内部では、そういうものをつくった人間は警戒されてしまう。それではなにもならない。

「気持のいい話をつくりましょう」

私も少し酔って来て、そんなことを呪文《じゅもん》のようにくりかえしていた。

根岸、入谷、上野、そして門前仲町の方まで二人でうろうろと歩いた。入谷の鬼子母神が朝顔市で大変な賑《にぎ》わいだったのをおぼえている。

根岸で「江戸指物」という看板の小さな家の前を通った。通った時、あ、という感じがあった。ガラス戸越しに親子らしい二人の男がひき出しのようなものを作っているのが見えた。

しばらく歩いてから「いまの――」と立止って私が口をひらくと、

「いまの江戸指物――」と高橋さんもなにかを感じていて、すぐそういうのである。

「そう」

「いいんじゃないですか」

「なんかね、いけますね」

「ありますね」

「あります」

引き返して、そっとその親子らしい職人ふたりをガラス戸越しに改めてのぞいた。

それから江戸指物の取材がはじまった。私は一度ずつ二軒のお宅でたっぷりお話を伺ったが、高橋さんはそれでは足りずにその二軒のお宅をそのあと何度も訪ね、実にくわしく演出のための取材を続けた。このねばりには、本当に驚いた。

映画「敦煌」でデビューし、テレビはこれがはじめての中川安奈さんを、プロデューサーの福田新一さんが獲得し、彼女はもう全然下町の娘というような人ではないので、それに触発されて物語が出来て来た。

真田広之さんは、銀座博品館で観たミュージカル「リトル・ショップ・オブ・ホラーズ」以来のファンで、いいのは分っていた。田中邦衛さんも、放送後賛辞が集まり、それはもう当然のことだが、私は久し振りで御一緒した春川ますみさんのてきぱきした口跡のよさ、下町の味に感服した。かたせ梨乃さんも予感はあったが予感以上にいい出来だったと思う。

高橋一郎さんの演出は、さすが自分をおさえた見事なプロの仕事であった。

そして原宿の物語「表通りへぬける地図」である。

これはテレビ朝日が、ライターに書きたいものを書かせてみようというシリーズを企画し、そのために書いた作品である。

毎月一人のライターが選ばれ、週一回のドラマなので、おおむね四回連続のドラマがつくられるというシリーズである。

こういう企画はとても嬉《うれ》しい。お話をいただいた時は、是非書きたいと願った。しかし、私には時間がなかった。

四回連続となれば取材を含めて一カ月半は必要である。その一カ月半をどうしてもつくることが出来なかった。残念ですが、とプロデューサーの岩永恵さん、田中利一さんに申上げた。

すると数日たって、二回ならどうか、というお話をいただいた。一九八八年十月にこのシリーズはスタートする。ところが十月は各局番組改変期で、月の前半は他局の新番組の出鼻をくじこうという狙いの特別番組があちこちでつくられる。シリーズはそういう騒ぎに巻きこまれたくないので、中旬からスタートする。十月だけは二回だけでいいのだが、とおっしゃるのである。二回なら書けないことはないと思い、やりくりして受けた。

しかし、シリーズのスタートである。これは責任が重い。十月の作品の視聴率が悪いと、十一月の作品にどうしても迷惑がかかる。もっとあとまで景気の悪い印象があとをひくかもしれない。

書きたいものを書いていいとはいえ、そう勝手なことをしてはいけない、という自制が働いた。作家中心のこういう企画は大事にしなければいけない。

いろいろ考えて原宿を舞台に若い女性を中心にした物語にしようと考えた。

取材をはじめると、やはりブティックが面白そうである。で、ブティックは原宿だけでなく、二子玉川、自由が丘と取材の手を拡げた。

拡げながら一方で中島唱子さんが浮かんで来た。彼女を私は「ふぞろいの林檎《りんご》たち」という作品のオーディションで気に入り、デビューして貰《もら》った。

その縁で時々電話をくれる。肥《ふと》った人柄のいい女性である。

ところがある日、痩《や》せたといって電話をして来たのである。十数キロ痩せたという。何故《なぜ》痩せたかというと、肥っているということで仕事を得ることが、たまらなく嫌《いや》になったからだという。痩せて、何処《どこ》にでもいる女性になって、それでもちゃんと役者として求められる存在になりたいというのである。

真面目《まじめ》な願いだし、気持もよく分るし、異論がなくもなかったが、私は励ました。

それから二カ月ほどして久し振りに彼女を見た。舞台の上にいる彼女を見たのである。坂東玉三郎さん演出の「ガラスの仮面」という新橋演舞場の芝居だった。

結果的には玉三郎さんの見事な演出になにより感嘆したのだが、はじめは演出より中島唱子さんが、どんなに痩せて登場するかという期待でどきどきしながら幕のあくのを待っていた。

ところが現われた彼女は、私の目にはちっとも痩せたようには見えなかった。肥ったまま、いじらしいほど一生懸命に舞台をとび回っていた。

私は愛情を感じた。この子を主役にドラマを書きたいものだと思った。そのことが平行してあって、このドラマの取材が進み、とうとう実現したのだった。相手役は麻生祐未さんである。こちらも勿論《もちろん》主役である。この役には、自分で自分を綺麗《きれい》だといい、その綺麗さの持つ不都合を嘆いてもおかしくないくらい綺麗な人が必要だった。綺麗なだけでなく、麻生さんはよくやってくれた。佐藤友美さんの洗練された迫力も忘れられない。演出は松竹の松原信吾さんである。私は松原さんの初めての映画「なんとなく、クリスタル」から、その才能に注目していた。いつか一緒に仕事をしたいと願っていた。漸《よう》く思いを達した。おかげで視聴率もよかった。責任を果たすことが出来た。

（一九八九年）

夢に見た日々 (1989)

人はとかく自分の体験を特別に思いたがるものだから、こんないい方は避けた方がいいのだが、それでも今の日本人はかなり風変りな現実を生きているといえるのではないだろうか?

たとえば「節約」という美徳を三十年前の日本人で疑う人は少なかった。ところが今、現実の生活でその美徳を維持している人が、どれだけいるだろうか? 買い物をした時の包装紙、箱、紙紐《かみひも》を「捨てるのは勿体《もったい》ない」とか「いつか利用する日がくるだろう」とかいう思いで貯《た》めこんでおけば、たちまちそれらのもので家の中は溢《あふ》れてしまう。よほど大きな家に住んでいるか、トランクルームでも借りる余裕のある人でなければ、この美徳を維持する贅沢《ぜいたく》は許されていない。どれほど感受性に逆らうことであろうと、荒っぽく次々と捨てていかなければ、生活が機能していかないところで私たちは生きている。

ところが厄介なのは、それでもなお、私たちは「節約」が美徳であるという意識を捨て切れずにいることだ。実際、ある局面では「節約」はいまもまだ現実に美徳だからである。たとえば「つくったものは残さず食べること」は、肥満する契機を増やすというような、派生するさまざまな現実を想像すれば、多くの議論が可能だとしても、まだ美徳の領域に属するのではないだろうか？　だから私たちは「節約」に対して、きっぱりとした態度をとることが出来ない。まったく、食糧難の時代にその美徳を守ることがいとも簡単であったことを思うと、なんと私たちをとり巻く現実は変ってしまったことだろう。多くのことが、なんと複雑になってしまったことだろう。

死生観ひとつとってみても、戦中戦後、おびただしい死の間を紙一重《かみひとえ》で生き続けて来た人にとって「とにかく生きること。死ぬひと貧乏」という価値観を疑う現実はほとんどなかった。ところが気がつくと、生き続けることの空《むな》しさにとりかこまれて孤独な老年を生きているのである。ほとんど死は、本人にとっても周囲の者達にとっても「恩寵《おんちよう》」のように待ちのぞむものになったりしている。といって、すべての死が、無論そのようなものであるわけではない。依然として一方で、生きぬくこと生き続けることの価値は浅薄でなく称揚され得るのである。

そういう時代のドラマが、たとえばひたすら節約を心掛ける人物やすべてを打ち捨てても生きぬこうとする人物を謳《うた》いあげたりすれば、観る人を失うと考えるのが筋道であるが、事実はそのように簡単ではない。

生きている日々が複雑だからこそ、ドラマの中で単純明解な人生を見たいという人もいれば、現実は戦中戦後の頃とたいして変ってはいないと頑固に思い込んでいる人も少くない。

したがって、このドラマのように店を開店する物語をはじめようとする時、紆余曲《うよきよく》折《せつ》のすえ、最後には繁盛して終りという型を、乱暴に扱うわけにはいかない。現実の日本の切実な主題は、繁盛してからの生き方であるにしても、一方で繁盛して終りという物語を生きている人々も決して少くはないからである。それがテレビドラマの面白さでもあるし、困難さでもある。

それはこの物語にこめた別の野心についてもいえる。

テレビドラマを書いていて直面する課題の一つに、観る人の通念がある。そば屋の主人は、いかにもそば屋の主人らしくないと気にくわないというような水準の苦情は無視するとしても「人間はこういう時にこういうことはしないものだ」とか「こういう人間は、そんなことはしないものだ」とかいうあたりになって来ると、私だって通念をたっぷり持った人間だから、たちまちそのような思い込みの「自然さ」にひきずられがちなのである。しかし、それはあくまで思い込みであって、現実ではない。少くとも、そういう場合が少くない。したがって通念の自然さに身を寄せて人物を描けば、ますます通念を補強することになり、現実の人間とはかけはなれて行く。すると、現実の生活で通念とはちがった行動をとった人物は、自然な行動であるにもかかわらず異常と見なされて、余計な苦労を重ねることになる。沢山の人が観るテレビドラマが避けなければいけないのは、そのような通念の補強であり、しかし一方で通念通りの人物の登場を期待する観客の慰安を求める気持の切実さをも無視してはならないはずである。

私はこの物語のほとんど冒頭で、主人公の一人に「自分でも思いがけない」行動を起こさせ、「本当の自分は、自分が思い込んでいる自分とは相当ちがう存在なのかもしれない」といわせ、続いて別の主人公にも「どうかしてしまった」としか思えない行動に走らせ、その二人が出逢《であ》った人物には、観る人がはじめに抱いたイメージとはどんどん違って行く不確かな人間像を用意した。このような布石によって、それらしい人物がそれらしいことをするという拘束から少しでも逃れようとしたのだが、しかし、その結果、ただいたずらに「それらしくないことをする」人物たちの物語になってはテレビドラマの甲斐《かい》がない。そのような野心を底に沈めて、「面白く」「自然に」多くの人々が受け入れて下さる物語や人物を描くのでなければならない。その厄介さを克服することで、浅薄さ青臭さをぬけ出すことが出来るのだし、多くの人を相手にすることのマイナスをプラスに転化しうるのだと思う。

ついでに書けば、この作品の結末にも私は一つの思いをこめた。

多くの物語とちがって、このドラマは結末で男女が誰も結びつかない。一人でいたいという者、もう少し多くの人間たち（店の人たち）との結びつきの方が大事だからと対《つい》の結びつきを先送りしてしまう者。いずれにしても二人の結びつきにあまり希望を抱いておらず、「多恵子」は二人になることに一人の生活を失うほどの値打ちがあるだろうかと疑い、「洋子《ひろこ》」は、恋愛が共同体をこわすなら（事実、多くの恋愛はかつて共同体にとって不都合なものであった）共同体を選びたいという気持になってしまう。

人物を無理に動かしたつもりはない。誇張ではなく、半ば以上登場人物に導かれたのである。

私たちの社会は、男女の結びつきに、深いところで苦い失望をかかえはじめているのではないだろうか？　一人に傾斜する者と、より多くの人間との結びつきを求める者との数をふやしているのではないだろうか？

共同体と呼べるものをほとんど失っている私たちは、多少ともその芽になるようなものが現れた時、恋愛よりもその方に魅《ひ》きつけられてしまうような飢えをかかえてはいないだろうか？　宗教への傾斜も、そのようなところに動機の一つがあるのではないだろうか？

俳優さんのことに移ろう。

当然のことだが、新しい時代はいつも新しいモデルを求めている。かつてヒーローの資格のなかった人物がヒーローになることで、私たちは生きやすさを手に入れるのである。

ヒーローの要件が二十年前の「男らしさ」の要件と少しも変わらなかったら、この「男らしく生きる」ことの困難な時代に、多くの男たちは、自分の生き方にひけめを感じ続けなければならない。私たちは、その時代をたっぷり呼吸している新しい人物像をいつも必要としている。

このドラマに登場する「関本慎作」にかつての「男らしさ」の要件をなるべくなくして、なおこの男がどのくらい魅力的であり得るかという試みをこめたのも、この作品の野心の一つであった。実をいうと、はじめはその度が過ぎて、千葉真一さんから「どうしても、こんな魅力のない男を演じることは出来ない」と抗議を受けた。もっともな意見で、私は受入れた。それでもまだ、おしゃべりだったり、嘘《うそ》をついてしまったり、自分を信じられなかったり、幻想に逃がれたがったり、本当の千葉さんとは全然ちがう人物になっており、それを見事に演じ通して下さったことに深い敬意と感謝の気持を抱いている。

それは桃井かおりさんもそうで、桃井さんは私に抗議をするというようなことはなさらなかったが、人物の動きが納得できないで悩んでいると、プロデューサーの近藤晋さんから何度か聞いた。ただし、ライターには言わないでくれ、と。どんな不自然な行動であれ、私はこの脚本のまま克服してみせる、と。

胸をうたれて、一度だけ私は手を入れた。無論、ただ胸をうたれただけではない。自分でも薄氷を踏む思いで書いた部分だった。ありきたりの動きをさせたくないという気持が、たしかに度が過ぎていた。あきらかにお陰で脚本はよくなったと思う。

そのようなことを含めて、桃井さんは素晴らしかった。「多恵子」を演ずるというところだけではなく、終始、佐野量子さんによき影響をあたえ続け、少しも恫喝《どうかつ》的なところのなかったことにスタッフの多くが感銘を受けている。

そして、その桃井さんに応えて、私たちの予想を超えて見事だったのは佐野量子さんである。私ははじめからきっといいと思っていたし、でなければこんな大事な役を頼むことはなかったのだが、それでもスタジオで桃井さんと二人だけの長い熱気のこもったシーンの撮影を見ていると、期待以上の演技に胸が熱くなった。「これで新人賞とらなきゃどうかしてるよなあ」とスタッフの一人が声をあげ、私も心から同感であった。

三崎千恵子さん、坂上忍さん、中島唱子さん、なぎら健壱さん。そして、たった一シーンであったが強く胸に残る人物をつくり上げて下さった淡路恵子さんにも、心から敬意と御礼を申上《もうしあ》げたい。

演出は、ＮＨＫを辞めて、ますます多彩な仕事を続ける深町幸男さんを中心に、北嶋隆さん、油谷誠至さんである。プロデューサーの近藤晋さん、杉崎隆行さんと共に、私は多くのことで本当に助けられた。

更にテレビ朝日の岩永恵さんについて言及しないわけにはいかない。彼とはもう長いつき合いで、テレビドラマを実際に多く見て、それについて大事な意見を沢山持っている稀《まれ》なプロデューサーの一人である。今度も、電話や手紙で、私は多くの示唆《しさ》を得た。

このように書いてくると、観る人からは沢山の番組の中にたった十回立ちまじった小さなドラマにすぎないであろうこの作品に、なんと多くの人の集中と労力が必要だったろうと改めて感慨にとらわれる。まだ、音楽のアンヌ・ミキルセンについても、福井峻さんについても美術についても撮影、照明についても言及していないのだから。

そう、このドラマの舞台となった言問橋《ことといばし》のそばのコーヒーショップ「マリーナ」についても書き落すわけにいかない。オーナーの野島茂美さんにはほんとうにお世話になったが、野島さんも「マリーナ」で働く人たちも、まったくこのドラマの人物たちとは関係がないことを強調しておきたい。しかし、浅草の方へ足が向いたら、「マリーナ」まで、どうかお運び下さい。

冬も春も夏も秋も隅田川は美しい。

私はかつて多摩川でいくつもの物語を書いたが、歳《とし》のせいだろうか、故郷の浅草に近い隅田川にこのところしきりに心をひかれる。また一つ、隅田川の物語を書いちまったなあ、とわが家に近い多摩川を眺めながら乾いた初冬を迎えている。

（一九八九年）

丘の上の向日葵（1993）

アメリカ映画に「クレイマー、クレイマー」という作品があった。妻に出て行かれた三十男の話である。男は小学校一年生の息子と二人で残されてしまう。すると同じアパートに、夫に出て行かれて一年半、小さな子二人をかかえた女性がいる。とりわけ美人ではないかもしれないが、決して器量は悪くない。

二人は、公園で子どもを遊ばせながらベンチで話をする。

女は「子どもがいるから再婚する気はない。他の男と寝ることはあっても」などという。

しかし、夫に去られた毎日は淋《さび》しい。ちょっと男の肩に頭をもたれさせてしまう。男はその額に軽くキスをする。

それで二人はどうとかなって行くのかというと、全然そういうことはないのである。助け合ったりはするが、淡々としたものだ。アパートの住人たちが、あの二人はあやしいなどと噂《うわさ》をするということもない。

話の都合も、たしかに二人がどうとかなっては困るのであるが、どうとかならないことに少しも無理がなく、九年前の映画なのに妙に印象に残っている。日本ではなかなかこういう関係は成立しない。

少なくとも私がこの男の立場だったら、こう淡白にはいかないと思う。似たような孤独をかかえた女性が同じアパートにいて、まああの容姿で、時々ベンチで話したり、女がちょっと頭をもたれさせて来たりしたら、どうしても性的対象として考えてしまう。日本の物語のつくり手なら、アパートの住人たちが二人の関係について多少とも話をするシーンがないとリアリティに欠けると考えるのではないだろうか？　二人ともそういうことを気にしないというのは不自然で、となれば気軽にベンチでしゃべるというようなことも避けることになる。

一概にアメリカの方がいいとはいえないかもしれないが、人間関係がセックスの対象としての異性という意識に牽制《けんせい》されてひろがって行かないという不自由は日本人の方が高いだろうと思う。『丘の上の向日葵』は、そのあたりの不自由から、少しのがれようとした男女の物語である。書きはじめる時の計画では、性的な異性意識を登場人物たちが意志的に克服して、おだやかな友人関係をつくれるはずであった。「人間はそんなに簡単にはいかない」とか「そんな男女関係は不自然である」というような現実観にさからって、無理をして二つの家族が、内心ヒヤヒヤしながら（つまりエロティシズムを保ちながら）緊張の中で、性的関係ぬきのつき合いを維持しているというのが、終章の光景のはずであった。

登場人物もこの主題に有利なように、「自然体で生きよう」などという無理をしない人物ではなく、かなり強引に意志的に「普通ではないこと」を仕遂げてしまっている人物を設定した。

それがどういうことになったかはお読みいただいた方には明らかだし、お読みいただいていない方に作者が贅言《ぜいげん》を加えていいことはなにもないのだが、「連載を終えて」の感慨を口にすれば、抑制が二つの家族の間にいきわたり、おだやかで美しい午後で終るという結末に向かおうとすると、みるみる現実感が薄れてしまうのであった。

それはつまり現実にそういうことが不可能だというのではなく、私の現実感が、それを「あり得ること」として描けなかったということにすぎないのだが、作者は他に頼るものもなく、はじめに意図した結末を諦《あきら》めなければならなかった。具体的には抑制し合うはずの人物たちが、情事に走ってしまったのである。

はっきりその時点から読者の方々からの手紙が毎日届くようになった。ホテルでの足かけ三日の性行為に入ると、その量も増えて来て、三分の二が反対。頼りは三分の一の賛成、共感のお便りというようなことになって来た。正直なところ、このような反響はほとんど予期していなかった。

書かせて貰《もら》ってこんなことをいってはいけないが、新聞小説というのは、あまり読まれていないのではないか、と疑っていたのである。そんなことはなかった。嬉《うれ》しかった。

などというと「なぜ抑制したままでいなかったのか?」というお手紙を下さった方々に再度お叱《しか》りを受けそうだが、批判も無関心よりははるかにありがたく、御不快かもしれないが、お礼を申上《もうしあ》げたい。抑制を手離したわけではなく、情事を経ることが私なりの誠実であったなどといい出したら作者の慎みを忘れることになるだろう。

＊

これは朝日新聞に連載した時の小説についての短文で、そのあとTBSで連続ドラマになりました。プロデューサーは堀川とんこうさん、演出は清弘誠さんと高橋一郎さん。小林薫、竹下景子の夫婦で、一方に島田陽子、筒井道隆の母と子、デビューの葉月里緒菜の新鮮さ、大地康雄と高畑淳子の苦《にが》い夫婦の味も忘れられない。こう書いてみるとこういう作品もしばらくたつと忘れられてしまうことに痛いような欠落感がある。

（一九八八年）

ふぞろいの林檎たちⅢ（1991）

もう随分以前のことになってしまうけれど、故・向田邦子さんに電話をした時のことである。向田さんの脚本の、ある連続ドラマの一回目の放送があった夜であった。私は面白く拝見して、その感想をいおうと電話をかけたのである。

ところが向田さんは、怒りに震えていた。「お金があったら、二回目以降を買いとって放送させたくない」と演出にそれはもう失望していらっしゃり「どうしてあんなことをしてしまうのか。どうしてあんなことしか出来ないのか。想像力というものがないのかしら?」と細部にわたって口惜《くや》しさを口にされ、その一つ一つ、伺《うかが》えばまことにその通りで「あ、いま拝見しました。面白かったです」などと口走った私の鑑賞眼はもとより人格まで疑われかねない激しさであった。

しかし、演出の無能を介しても、その一回目は結構面白かったのである。向田さんが狙っていらっしゃる水準には、演出も演技も、はるかに及ばないけれど、呑気《のんき》に観ている観客はそれほど細部に気難しくなく、安手な演技、凡庸《ぼんよう》鈍感な演出に邪魔されながらも、案外正確に脚本の面白さを受けとめていたのである。

それはちょっとした教訓であった。

私も自分の脚本のドラマが放送される時、しばしば身をよじるくらいに無念の思いにかられ、あいつらは俺の台詞《せりふ》をドブに捨てていると感じる。しかし、ことによると脚本家は過度に感じてしまうのだ。

なんの条件もないところなら、おおむね脚本家の要求はもっともかもしれない。しかし、演出家は、諸々《もろもろ》の現実の只中《ただなか》で作品をつくっているのである。時間の制約、予算の不足、俳優のスケジュールや非才、不勉強、傲慢《ごうまん》、カメラマンの偏屈、照明にかかる長時間、機械の故障、冷静さを奪う撮影現場の興奮、それらの現実をかかえながら脚本家が孤独な部屋で思い描いた映像の水準に達するのは至難である。

その上、脚本家は自分の思い描いた演技、台詞の抑揚、映像と、出来上った作品との差異に、とりあえずカッとするところがある。しかし、差異は当然なのである。別の人間が演出するのだから、違いが出るのは当り前で、確かに脚本家の思い描いたものとは違うが、演出家がつくり上げた世界の方がいいということも、その量は少ないにせよ確実にあるのである。

向田さんの怒りの声のあたりから、私は自分を抑制するようになった。自分の書いたドラマが映像になって、それをはじめて見る時には、ひとに感想を口にしないように努めるようになった。はじめて見た時は、ほぼ必ず出来上りに不満を抱いているのである。しかし、それはただ自分の思い描いていた演技や演出と違うというだけのことで、別のやり方も充分存在を主張し得るかもしれない。「いまはなにもいうな。少なくとも三回見てから口をひらけ」そうでないと、無用に人を傷つけてしまう。

時には、そんな抑制を淋《さび》しいものに感じることもある。しかし、向田さんだって、私に向ってお話しになったあれこれを、すべて演出家にぶつけてはいなかったのではないかと思う。きっと向田さんにも、一緒につくる人たちへの抑制はあったと思う。ことによると私よりずっと成熟した形で、そういう配慮をなさっていただろうと思う。

しかし、ともあれ、脚本家というものは、ほとんど常に仕上った作品に対して恨《うら》みのようなもの、無念さ、口惜しさのようなものをかかえている。表に出すことは隠せても、感じることまでは消すことは出来ない。

そして、この作品についても、同様であった。上記の理由によって、私の感じ方が正しいといいはりはしないが、一回目の仕上りを放送前にビデオで観た私は、ほとんど絶望感のようなものを抱いた。無論、絶望だなんていうのは、大げさである。何度も見なければいけない。時間を置いて、何度も見ること。冷静になること。そう自分にいい聞かせながら、多くの人が放送を見ないで、私の脚本だけを読んで下さることを願った。幸い、この作品はパートⅠ、パートⅡという先行作品があり、配役に多少の馴染《なじ》みがある。彼ら彼女らの姿や声を思い浮かべながら、脚本だけを読んで貰《もら》えないだろうか、と。

まあ、これは脚本家のヒステリィという他はない。いまは冷静になって、プロデューサーの大山勝美さんをはじめ、演出の諸兄、出演のみなさんにお礼を申上《もうしあ》げる余裕をとり戻している。ありがとうございました。

パートⅢは、私が希望して書かせて貰った作品である。実現まではあれこれあって、私は何度か断念した。正式にＴＢＳに私の願いを申入れてからも、局の返事は二時間もの一本ではどうか、というものであった。主要人物だけでも八人もいるドラマを六年振りに書くのに二時間では書きようもなく、その時も断念した。

こうして十一回の連続ドラマを書き終えることが出来たのは、結局のところ、パートⅠ、Ⅱを見て下さった方々のお便り（それは沢山ではないけれど、一通の背後には千人の同意見がいるのだ、と勝手な自己催眠をかけたり）と声（満員の電車で、数センチしか離れていない青年の顔が急に私の方を向き、パートⅢはいつですか？　といわれたことなど）が支えであった。本当に、ありがとうございました。

（一九九一年）

ふぞろいの林檎たちⅣ（1997）

「ふぞろいの林檎たち」がはじめて放送されたのは、一九八三年（昭和五十八年）の五月から七月にかけてでした。四月に浦安の東京ディズニーランドが開園した年。田中角栄さんがロッキード裁判で懲役四年の判決を受け、テレビでは「おしん」が大評判でした。いまから十四年前になります。

パートⅡは一九八五年（昭和六十年）で、ドラマの人物たちは学校を出て就職して丁度一年目。生活ががらりと変わった時期の話でした。エイズという言葉を世界中の人々が知った年。日航のボーイング７４７が、群馬県の山中に墜落して五二〇人（生存者四人）が亡《な》くなった年でもありました。テレビは「金曜日の妻たちへ」が大評判でした。

パートⅢは、それから六年後の一九九一年（平成三年）、いわゆる「バブル」の時代の終りめで、湾岸戦争が起こり、見る見る日本は不景気になって行くという年でした。雲仙普賢岳の大火砕流の物凄《ものすご》い映像も忘れられません。テレビは「東京ラブストーリー」「101回目のプロポーズ」の年でした。「ふぞろいの林檎たち」の登場人物たちは二十代の終りで、結婚したり、子どもが生まれたり、離婚したりというような時期でした。

そして、パートⅣは、それから六年後一九九七年（平成九年）の四月から七月にかけての放送ということになります。ふりかえって書くとやはり昨年の十二月から今年の四月までかかったペルーの日本大使公邸事件解決の年ということになるでしょうか。首相は橋本龍太郎。厚生省といい動燃といい野村證券といい、かくしたりごまかしたり嘘《うそ》ばかりつく日本人。消費税五パーセント。テレビで特に評判のドラマも、五月現在、いまのところないようです。

パートⅣを書き出す前に、ちょっと逢《あ》いましょうかと、中井貴一さん時任三郎さんと待ち合せてしゃべっていると、「十四年もたったような気がしないなあ」と中井さんがいうのです。「主観的には、あの頃とあまり違いませんね」

時任さんは結婚したりしているから少し感慨が違うようでしたが、それでも二人とも十四年ぐらいの年月はなかったことにしてしまえるぐらいに若くて元気です。

そこへ約束していた長瀬智也さんが来たのです。パートⅣで、はじめてこのドラマに加わってくれた新鋭です。十四年前どうしてた？　と聞くと五歳でした、というのです。

「へえ」と三人で短く口をあいてしまいました。いまは十九歳で、身長は一八四センチだそうです。五歳から十九歳までの十四年は、とてもなかったことには出来ません。大変な歳月です。

「やっぱり時間はたってるんだねえ」「凄いもんだねえ」と十四年という時間の実物見本を見るような思いでした。

長瀬さんは、こいつらなに当り前のことに溜息《ためいき》をついているんだという感じでしたが、私は思いがけないほど感動していました。あの頃五歳だった男の子が、いまは時任さんに次ぐ（時任さんは一八八センチ）大きな青年になって、あの頃は見たこともなかったドラマの中へ入って来てくれることは、実にめずらしいことだし、素晴らしいことに思えました。

別の日、手塚理美さんに逢い、国広富之さん、高橋ひとみさん、柳沢慎吾さん、中島唱子さんに逢うと、一人一人が実にたのもしく自分の個性を深めていて、こんな人々の歳月を財産にしてドラマを書けるなんて、こんな幸運はめったにないよ、となにものかに手を合せて感謝したい思いでした。その上、若くて綺麗《きれい》な中谷美紀さんが加わってくれて、これでいいドラマにしなかったら許せないぞ、と自分を叱咤《しった》したりしたことでした。

実をいうとパートⅣをつくることには、はじめあまり乗り気ではありませんでした。時代も大きく動いていますし、ドラマを見て下さる人たちも変わっていますし（それこそパートⅠの頃赤ちゃんだったり、小学生だったりした人たちが、主要な視聴者になっているのですし）Ⅳに失敗してⅢまでの林檎たちの輝きにケチをつけてしまうようになるのも怖いことでした。

しかし、プロデューサーの大山勝美さんがねばり強く「やろう」といって下さっていました。「パートⅢから三年じゃあ、まだ早いです」「四年じゃあ、まだ人物にくっきりした変化が出ていないのではないでしょうか？」「五年ですか。うーん」

臆病に腰をひく私に「六年ならいいでしょう」と、本当に「林檎」を大切にして下さった大山さんに、この場をお借りして、厚く御礼を申上《もうしあ》げます。

「やろう」と決める前、私が唯一出した条件は、メインのディレクターを井下靖央さんにお願いしたい、ということでした。

井下さんは、一九六九年（昭和四十四年）の「パンとあこがれ」という作品からのつき合いで、私の見るところ、日本を代表するテレビドラマのディレクターの、ひかえめにいっても（井下さんは、とてもひかえめな人で、目立つことを嫌われるので、おおげさな物言いを避けるのですが）ベスト5には必ず入る才能です。「井下さんが一緒じゃなくては嫌《いや》です」と申しました。ＴＢＳも井下さんも快諾《かいだく》してくださり、それにパートⅢでも一緒だった加藤浩丈さん、はじめてでしたが先輩二人にひけをとらない演出をしてくれた北川雅一さん、三人の演出家に感謝しています。

あ、それから、アメリカに住んでいるのに、終りの三回でいいから、と無理をいってⅣにも加わって貰った石原真理絵さんにも、お礼をいいます。

そして、ドラマを御覧下さり、更にこの本にも関心をお寄せ下さったみなさんに、何より伏して御礼を申上げます。視聴率のことなどあまりいいたくないのですが、高視聴率でした。ありがとうございました。

（一九九七年）

語り下ろしインタビュー

■『ありふれた奇跡』

――この本の「自作再見」では触れられていない、ここ十年ほどの作品を中心に、お話をお聞かせいただけたらと思います。

まず『ありふれた奇跡』(二〇〇九年)ですが、本作は十二年ぶりの連続ドラマでした。どのような経緯で書かれることになったのでしょうか。

山田 この十年くらいで、「老齢」というものの社会の見方がずいぶん変わりましたね。でも今から二十年前、僕が六十歳になった頃、六十で定年になって七十くらいで死んでいくって、頭で何となく思っていました(笑)。だから六十五歳になった頃、ジジイの僕が、連続ドラマの場所を若い人から奪うなんていうのは控えなくてはいけないと思ったんです。ところがどうもすぐ死にそうもない(笑)。何年か経《た》った頃、フジテレビの中村敏夫さん(プロデューサー)が、『星ひとつの夜』(二〇〇七年)というドラマを一緒に作った後に、「連続やりませんか」って言ってきてくださったんです。書かないって言ってから何年も経っていたのと、中村さんは昔『早春スケッチブック』という、僕としては忘れがたい作品を一緒に作った人なので、「じゃあまあ、一回くらい書かせてもらおうか」と思ったのでした。

――自殺がテーマのドラマでした。

山田　日本では年間、三万人もの人が自殺してしまうという事実を知りました。アメリカの自殺者も三万人で、人口比からすると断然日本が多いわけです。そのことが気になっていました。

ただし、ドラマとしては、自殺の理由が貧困や病気みたいに誰もが納得しやすい切実なものだと、貧困や病気自体を描くドラマになってしまう。そういう種類のものは省いて考えました。他の人には何てこともない、他ならないその人だからこその理由があるかもしれない。そういうことを描こうと思いました。自殺しようとしたけれどもできなくて、そのあと案外そういう表情は見せないで生きている人もいるんじゃないか。ただそういう人は、自殺者に対して感受性があるんじゃないかと思ったんですね。

一人の中年男性の自殺を、偶然居合わせた二人の若い男女が止める。三人は、男女の差もあるし、年齢や環境の差もあるけれども、実は〝自殺を試みた人間〟という通ずるものがある。それがドラマが進んでいくうちに徐々に明かされていきます。そのことを、二つの異なる家族を背景に描いてみたかった。下町の生活文化を背負っている職人の家族と、今の中産階級の少し上にいると思っているサラリーマン家庭。格差社会になってきたこともあるけれど、今の時代ではほとんど接点がない家同士の若い男女のラブストーリーにしようと思いました。

——特に女性のほうの家族が『岸辺のアルバム』の家族よりも、さらに冷えています。

山田　家族がほぼ解体している人たちもずっと多くなりましたね。「個」っていうものをどんどん優先すると「個」がいきいきすることがいちばん大事になってくる。つまり自分だけがかわいい。そして人を信じなくなっていく。「個」が行き着く先はすごく寂しいです。

このドラマの中では、家族たちはそれぞれ個人の秘密を持っている。たとえば、恋人二人の父親同士は実は女装趣味があって、子供二人が知り合う前に、女装バーで知り合っている。そういうふうに秘密を持っている人たちっていると思うんです。それがいつバレるかとハラハラするんだけど、子供二人と同じ店にいてもお互い気が付かないでいる。

宮藤官九郎さんが「あそこまでバレそうになりながら、最後までバレない。自分ならバレるシーンが腕の見せどころだと思ってしまうのに」とおっしゃっていましたが、黙ってちっともその性癖を変えようとしないで密かに生きているっていうほうが僕は好きですね。そこでバレて反省したってどうするんだろって思ってしまう（笑）。まあ宮藤さんは反省するドラマなんか書かないでしょうが、それぞれの作家で着眼点が違うのが面白いですね。

――主演の加瀬亮さんはハマり役でした。

山田　加瀬亮さんのことは、それまで知らなかったんです。でも会ってみて、この話にはぴったりだと思った。勝手な感想ですが「何かあるな」と思わせるものがありました。でもその「何か」をそのまま「知性のある人」の匂い、深みで描くのではつまらない。今、左官屋さんの仕事は日本間の壁を塗るとかいう仕事は少なくて、マンションの壁を一生懸命塗っても、その上に壁紙を貼《は》られたりしてしまう仕事が多いという話を聞いて、そういう仕事を一生懸命修業してやっている左官屋の役がいいと思いました。ただ内面では、アイルランドのケルトという、消えそうになっている文化に興味を持っている。

話すと意外な一面を持っている人っているでしょう。僕はそういう人が好きなんです。最近のドラマの会話の中には、何の本を読んでいるとか、どういうものが好きかって、あまり出てこないんですが、このドラマでは恋人たちの会話に観念の領域を含ませたかった。加瀬さんならそういうセリフも言える気がしました。

――ドラマの中盤、子供を産めないのは男と女のどちらなのかということを巡って、二人の家族が右往左往します。この話の筋だけ取り出したら、昨今の連続ドラマなら一話で終わってしまう話が、三話分くらいの時間をかけて描かれていました。現在のドラマのスピードについて思われることはありますか？

山田　僕が連続ドラマを書いていた頃と今とでは、造りが変わってきているという感じがしています。わかりのいい演技が求められて、あらすじを停滞させるような余分な描写は排除する傾向にある。僕のドラマを見たことがない人がいっぱいいる中で、僕のテンポとか描写に違和感を持たれるんじゃないかなという思いはありました。でも、若作りして、今の風潮に合わせて僕が書くのだったら、僕がやる意味がないでしょう。

僕はそもそも、スピードが速いということに対して大いに抵抗がある。スピードが速いと、人間は間違えてしまうことが多いと思うんです。たとえばスマホなんかですぐに返事がこないといい気持ちしないとかいうでしょう。はっきりしてくれないと不安になる。でも他者って結局わからないでしょう。そのわからない同士がそんなにポンポン会話をしたら間違いだらけになってしまうという気がする。大人になってくれば、防御のための、とりあえずの返事をすることはあるかもしれないけれど、若い人がそんなにすぐ返事をし合っていたら間違ったりかえって深く傷つけたりするんじゃないかな。

僕がそそっかしいのかもしれませんが、最初にパッと思ったときに答えたことの正反対のことが本当の答えだったりすることが、人間同士には起こりうると思う。時間をかけるということには、それだけの意味があると僕は思いますね。

■『遠まわりの雨』『本当と嘘とテキーラ』他

――『遠まわりの雨』（二〇一〇年）は大人のラブストーリーが軸になっている、最近では珍しい山田作品でした。

山田　町工場の、積年の経験で人には真似のできない技術を手に入れていた男が、コンピューターを使った新しいツールに簡単に負けてしまうという哀《かな》しさと、中年の、それぞれ家族を抱えてしまった男女の恋を描いてみたかったんです。

経営が苦しくなってきている町工場に大きな仕事が入ったときに、社長である旦那が倒れてしまう。そこで妻は、腕があったのに、今はほかの仕事をしている男に、「あなたの腕を頼るしかない」と言ってくる。男は、昔少し好きだった女から頼まれて、家族に反対されながら、「俺がやってやろう」と戻ってくる。男のほうも女が気になるし、女もヨリを戻したいふうでもある。でもいろんなしがらみを抱えた中年の男女って、そんなに簡単に恋ができないわけですよね。そういうタブーみたいなものを描きたかった。

ましてや旦那が入院してるときに奥さんに手を出すわけにはいかない。さらに頼まれたこともできないのに、お金ももらっちゃう。そういう情けない男の役を渡辺謙さんにやってほしかった。謙さんは格好いい役ばかりやってるから、僕とやるときは格好良くない役をやってほしかったんです（笑）。

中年の恋は、燃えていても胸の底で先が見えてしまい、だからこそ一瞬の間、お互い激しさを装ってまで関係を慈《いつく》しむような哀しさがある。なかなか想いを伝えられない二人が、最後に一度だけ、雨が降る中、想いをぶつけ合うんです。江ノ電の電車が来るまでの短い間だけハグして、キスして、その瞬間だけ想いを燃え上がらせる。でもすぐに電車が来て「チンチンチン」って遮断機が鳴って、電車のドアが閉まって、引き離される。「濡れ場」っていうでしょう。それで「遠まわりの雨」というタイトルにしました。

最後の最後に濡れ場をやるっていうのは、『旅情』っていう映画なんかのラストシーンをやってみたかったんですね（笑）。イタリアのベニスに旅行に行った中年のアメリカの女が、現地の男と恋に落ちる。女がベニスを発《た》つ日、別れを盛り上げるために恋に馴《な》れた男はギリギリのタイミングまで待って小さな花束を持って走って来る。女は「ああっ」と動き出した列車の窓から手をさしのべる。間に合う。しかし、たちまち遠くなる。それを、やってみたくて（笑）。大人のドラマのラストに、お互い実りようもないのを承知で、電車が来るまでの短い間、燃えるような恋を演じる。それで、あっという間に離れ離れになる。そういうシーンを書きたかった。

――テレビ東京でいくつも書いていてらっしゃいますね。

山田　二十年前、テレビ東京から二時間半のドラマで、企業の世界を描いてみないかという話をもらいました。権力闘争や営業の成功・失敗譚《たん》なら、私よりずっと上手でふさわしい書き手がいるでしょう。これは私なりの変わった狙いが期待されているな、と張り切りました。

『せつない春』（一九九五年）がそれで、それから不定期に『奈良へ行くまで』（九八年）『小さな駅で降りる』（二〇〇〇年）『香港明星迷』（〇二年）と続き、五作目が『本当と嘘とテキーラ』（〇八年）です。

要約すれば、実体より見た目、イメージ、パフォーマンスが、商売を左右しかねない時代に、そのテクニックのコンサルタントをしている男が、家族のことでは現実に向き合わざるを得なくなるという話です。

五作とも、局側は佐々木彰さんを筆頭に小川治さん橋本かおりさんとメイン・スタッフはほとんど変わらず、監督も松原信吾さん、社外プロデューサー高倉三郎さんという布陣も少しもゆるぎませんでした。こういう仕事はとても貴重で、私の仕事の大切な柱であり続けてくれました。感謝しています。

■『キルトの家』『時は立ちどまらない』

――『キルトの家』（二〇一二年）は震災が起きて間もない頃の作品でした。震災が起きたときに脚本家としてどう取り扱おうと思われたのでしょうか?

山田　震災直後はとにかくとんでもない、ものすごい災害で、しかも原発もあったから、どうしていいかわからなかった。ドラマの書きようがなかったです。圧倒的な悲劇を突きつけられて、ドキュメンタリーならば単純な美談でも人の心を打ちますが、ドラマという嘘で単純な物語を描いてもどうにもならない。

『キルトの家』は、もともと東京の旧《ふる》い団地の老人たちの話を書こうとしていたんです。そしたら震災が起きて、プロデューサーから「震災の話を入れられませんか」と相談された。最初断ったんですが、少しでもいいからというので、僕が想像できる範囲で書いてみようと思いました。

旧い団地は、住んでいる人も年をとる。すると階段の昇り降りが大変なので、老人たちは下の階に移っていって、上の階が空《あ》く。上の階は、安く、あまり履歴を問わずに貸りられるようになるので若い人が増えているという話を取材で聞きました。そこで、旅行者で偶然、津波を体験してしまった若い夫婦が、老人ばかりの団地に入居してくる話にしたんですね。

老人たちは、あの災害の時にお金をいくらか寄付はできてもボランティアなんかに行ったらかえって迷惑で、出かけていくわけにはいかなくて、気持ちを持て余していた。そこに、震災でひどい目に遭ったという若い夫婦が来たことで、一種の代償行為のようにビールの一杯でも奢《おご》りたくなったりするんです。

——この団地に住む老人たちのように、「老人が邪魔者になっている」という想いは山田さんご自身の実感としてありますか？

山田　大いにありますね。うちで邪魔にされているわけじゃないけれども、「いつまで生きているんだ」と社会からは思われているんじゃないかな。科学の勝利で老人が長生きするようになってきました。はじめはハッピーなことだと思っていたけれども、社会の中に「このままいくと大変だな」という気持ちが生まれてきて、老人自身も「あれ。いつまで生きているんだろう」と思い始める。身体も、うまく動かせなくなったり、認知症みたいなものも進んだり。だけど死にたいって思ったって、自殺するってそれなりに大変なことですから、そう簡単にはできない。偽善を取り払った社会には、いい加減に死んでくれたらありがたいという想いがあるんじゃないかと思うんです。スマホですぐ返事しなきゃいけないようなツールと同じように、百歳を超えても生きている老人を増やしているのは、科学の間違いっていう気がするのね。

新開発のいろんなツールは、人間をマシな存在にするというよりは、劣化させるっていうことがあるんじゃないかと思う。不幸があったり辛い目に遭うと、人間ってそのぶん複雑になったり優しくなったり、意地悪になったりもします。感情って波があるものなんだけれども、科学的なものが、だんだん摩擦がないように、ないようにしてしまうと、感情ものっぺりしてしまうんじゃないかっていう気がしました。
「これに乗ったら早いですよ」って言われると、「遅いより早いほうがいいか」って早いほうを選んじゃう。でももしかするとゆっくり景色を見て行くことにすごくいろんな豊かさがあったのに、目にも止まらない早さでトンネルだらけのところを進んで行っても早いほうが善っていう気がしてしまう。それってとてもおかしいと思うんです。僕はそういう進歩観で老人も長生きさせられているような気がする。社会もそれに当惑しているようなところがある。

このドラマの場合は、社会的にも老人ばかりで暮らしてる人たちです。しかも個性が強くてみんなと和《なご》やかにやれない。そんな老人に、かつて好きだった「たましいの話をしよう」っていう詩が、今になってまた響いてくる。「なんて長いこと僕らはたましいの話をしないで来たのだろう」という、吉野弘さんのあの詩が僕はとても好きで引用したくなりました。

——『時は立ちどまらない』(二〇一四年)では、『キルトの家』に続いて震災をテーマにされました。前回とは震災についての捉え方も変わっていましたか?

山田　このときはもう少し客観的になりました。いろんなドキュメンタリーを集めてきてたくさん見ました。でも、案外被害に遭った人の内面はあまり立入って描かれていない。「絆」っていう言葉が流行《はや》っていましたが、それに乗っかってドラマを書くことは僕にはとてもできないと思った。

助け合おう、みなさんは一人じゃない、という善意には逆らいにくいですね。けれど善意を受ける側の無念があるのではないか。被害に遭われた方は、自分のせいではまったくなく、どん底に突き落とされてしまったんです。目先の生活には助けが必要だから、反撥など口に出せないですが、かなり財産があって一家を構えていたような人にとって、体育館でただ座っているしかないという状況はものすごく無念で、しかし、誰に文句を言いようもなかったと思ったんです。

このドラマは、婚約中だった若い娘と息子を持つ二つの家族の話で、海のそばにあった息子の家のほうが被害に遭って、家は流されて息子も母親もおばあさんも亡《な》くなってしまう。一方で娘のほうの家は高台にあって、家も家族も無事だった。そこで、「何かしてさしあげたい」って被害に遭った家族を家に呼んで、もてなすんですが、被災した家族はその家で大暴れして「二度と俺たちに構うな」なんて言って縁を断ち切ろうとする。婚約者を失った娘は、生き残った罪障感があるときに婚約者の弟の求めに応じて、心にもない恋に走ってしまったり。そういうことは、あるんじゃないかと思ったんですね。

それにもう一つ、過去を加えたかった。震災に遭った人たちは、震災に遭った時点から生き始めたわけじゃなくて、その前にもぎっしりといろんな人間関係があったはずです。それでも大きな災害があると、物語はそれ以降の話になりがちで、それ以前の人生がなかったかのように描かれる。そこで、二つの家族の、娘の父親と亡くなった息子の父親の間には、かつて中学の時にイジメという問題があったことが明らかになる。その仲直りみたいなことで、被害に遭った人と遭わなかった人が改めて和むという話を書きました。

それと、僕は自分では好きなシーンなんですが、仮設住宅で男三人暮らしになって、しかも年寄りになってきたおじいさんが、被害に遭わなかったほうのおばあさんと二人きりになったとき、「ハグしてはいかんか」と言いだす。おばあさんのほうも、ハグされてもいいような気がしてくる。こういうわずかな肉体的接触が厳しい環境で生きている人にとってどれだけ救いになるかと思うんですが、そういうのはドキュメンタリーではなかなか出てこないような気がします。

■『ナイフの行方』

――現時点での最新作『ナイフの行方』（二〇一四年）は、根本という複雑な内面を抱えた老人が主人公の物語でした。根本の過去に何があったのかは、物語のラストまで明かされません。しかし、最後の最後に明かされた、政治的理念と人間のリアリティの乖離《かいり》によって引き起こされた若き日の事件は、非常にショッキングでした。

山田　僕が大学生から社会人になった一九六〇～七〇年代はマルキシズムが王道で、学生も先生も文化人もみんなその考えに染まっていて、たくさんの人を巻き込み、傷つけた。僕はその議論に共感できなくて、道の端を歩くような感覚がありました。それよりも個人の話をこまごま書く文学のほうが、革命的ではないかもしれませんがよほど腰が決まっていると思っていました。だけど、当時の安保闘争は、改定が成立してしまうとパタッと人々がいなくなってしまった。あのすごいデモをした人たちは今どこで何をしているんだろうという想いがありました。

でも中には、ケロリと普通の人に戻れずに、といって若い人に自信をもって「こうしろ」とか「こう生きろ」とか言えない、「これが正しい」という確信も持てないでいる人がいるかもしれない。そういう老人を描いてみたかったんです。

この物語の主人公である根本という男は、若い頃、変革を目指したのですが挫折し、その気持ちを抱えたままでは日本に居場所がなくなってしまった。そこで、海外で独裁国家を倒して民主主義を手に入れようという動きに手を貸そうとします。ところが、その国の人々には宗教的な問題や「あの村の人間は好きになれない」という感情が根強くあったりして、どうしても一致団結できない。日本から来た青年の単純で薄っぺらな正義の理念ではどうにも手に負えないような現実がぎっしりある国だった。結果的に、二人の日本人の手引きをきっかけにして、部族間の凄惨な殺人が起きてしまうことになります。大きな挫折感を抱えた彼は、政治的には動けなくなって、日本に帰ってきます。こういうことはほとんどドラマには描かれないので、書いてみようと思いました。

また今、ＩＳＩＳと先進国の戦いのように、何が正しいのかわからなくなってきている。同じように思ってる人は案外いるんじゃないかと思いました。これまで民主主義は最後の正義とされてきました。しかし、世界のあちこちでテロが起きたときに、先進国は主犯を探してやっつけようと戦争をする。何の罪もない民衆が巻き込まれてたくさん殺される。その一人一人を殺す場面をもし映像にして映したら、先進国とＩＳＩＳのやっていることは主観的には同じかもしれない。

そんな根本が年老いた頃に、誰彼構わず人を殺そうとする孤独な青年に遭う。ＩＳＩＳにしてもそうですが、秋葉原の事件をニュースで見たりすると、人を殺すということに対して「よくそんなことができるな」というのが普通の日本人の感受性のように思いますが、それが普遍的な感性かというとそれは違うと思う。日本人だって、一般の市民が、戦時中は竹槍で敵を突いて殺す訓練をしていた。そんなもので殺せるはずがないのですが、気持ちとしては「敵を殺す」ことに対して何の心の乱れもなかったはずです。僕はそれが怖い。人を殺しても心が乱れなくなるということが怖いです。でも、戦争が一度始まると、国を守る、家族を守るということを目的に、人を殺すことが平気になっていく。みんなそこに巻き込まれてしまうんです。だから僕は国のプライドだなんだとかどんな理由があっても、戦争だけは絶対にしてはいけないと思う。

このドラマの青年は、格差社会の底辺にいる青年です。彼は、ナイフを持って殺人を犯そうとした次の日に、優しくされると「僕はもう変わった」と言い出す。こういう「あっけなさ」を僕は最近の日本人にも感じています。自分は変わったと早合点しすぎるという意味で、自分にあまり厳しくないのでしょう。

根本はこの青年に自分の孤独を重ね、救おうとします。その結末は、「あんまり」かもしれませんが、情だと思う。情に溺《おぼ》れない、しかし、人情を求めるしかない男を描いてみたかったのです。

——最後に、これからのお仕事について教えていただけますでしょうか。

山田　今後、連続ドラマをやることはもうないです。

でも、書きたいテーマはあって、いま、取材をしています。放送は来年になると思いますが——。

聞き手：清田麻衣子

二〇一五年八月二十五日

川崎市溝口にて

解説

宮藤官九郎

数ある日本のテレビドラマの中で、山田太一先生のドラマだけが特別カッコ良く見えるのはなぜだろう。

『想い出づくり。』を見ながら考えています。

数週間前にドラマの打ち合わせがあり、物語の構想を話すと監督が「それは『想い出づくり。』ですね」と仰《おっしゃ》って、参考までにとDVDを送って下さったのです。

このような経験、実は過去に幾度もありました。それは『ふぞろいの林檎たち』ですね。むしろ『早春スケッチブック』ですね。あるいは『男たちの旅路』ですね。打ち合わせの相手（だいたい少し年上）が山田作品のタイトルを引き合いに出し、そのたびに「参考までに」とDVDを送って頂くので、僕はTSUTAYAやAmazonの力を借りることなく、定期的に山田先生の作品に触れて来ました。しかし、そうして作ったドラマを「あれ『ふぞろい〜』でしょう」と指摘された事はただの一度もない。

描きたいものは似ている。なのに、描くと似てない。

おかしいな。スタート地点は同じだった筈《はず》なのに、どこでコースを間違えたのか、違うゴールに向かっているようだ。でもドラマは動き出してしまっている。これが自分の個性なのだと開き直って完走するしかない。模写が下手すぎて悲しいかなオリジナルになってしまう、この敗北感。

山田先生のドラマのカッコ良さとは何なのか。何度も見ているのに続きが気になるのは何故《なぜ》なのか。僕のような節操もポリシーもない、そのくせキャリアという面では中堅の域に達してしまったドラマライター（この『ドラマライター』という呼称がまたカッコ良い）には到底分析できません。が、ひとつ思うのは、すべての登場人物に言い分があり、その言い分が悲しいほどに切実で、矛盾しているのに嘘《うそ》がなく、人間は不完全だからこそ愛《いと》おしいのだということを思い出させてくれる。俯瞰《ふかん》ではなく、常に当事者の身近に視点を据え、なおかつ誰かに肩入れすることなく等距離で語られる。その眼差しの精度。神の目線ではなく、あくまで人間が人間を見つめている。だから世代や性別を超えて感情移入できるし、時が経《た》っても色褪《いろあ》せない。それどころか、見る度に視点も変わり新たな発見がある。時に息づかいも伝わるほど近く、かと思えば突然冷たく突き放す。そんな山田先生の、対象を見据える眼差しの強さと鋭さが、カッコ良さの要因だなと、思います。

たとえば『岸辺のアルバム』。僕にとって、これが山田ドラマ初体験だったと思います。再放送で、お昼に見た記憶があるので、夏休みか、あるいは病気で学校を休んでたのか、そのへんは定かではありません。とにかく国広富之さん扮する息子が家族の秘密を一気にぶちまける場面を見て「こいつ子供だな」と直感的に思いました。まだ小学生の僕が。不倫も、売春もレイプも当然知らない。草野球とコロコロコミックに夢中だった小学生の目にさえ、家族の仮面を剝《は》がして得意げになっているこの青年は青臭く見えたのです。

あるいは『ふぞろいの林檎たちⅡ』。室田日出男さん扮する上司がしつこく昼食に誘う気持ちも、仲手川（中井貴一さん）が疎ましく感じてしまう気持ちも、中学生だったけど痛いほど解った。まさに山田先生の眼差しのマジックです。

そして『想い出づくり。』。24才を迎えて「強烈な想い出が欲しい」という三人の女性の切実な願望に、わかるわかるわかる〜と頷《うなず》いていたら、田中裕子さんの上司が「男も40

過ぎると…」というのでハッとする。そうか、俺はこの中だと、この課長と同世代なんだ。眼差しのマジックが見事すぎて、主人公たちが自分より二回りも年下の、しかもＯＬであることすら忘れてました。

そして佐藤慶さん扮する父親の独白。ひとり暮らしの娘の部屋を訪れ、若者の会話に加わろうとして恥をかいたと語る父。微笑を浮かべて黙って聞く娘。僕は思わずリモコンに手を伸ばし、一度目は父の目線で、巻き戻して二度目は娘の目線で、さらに巻き戻し、三度目はシナリオライターの目線で見る。山田先生がこのドラマを書いた年齢にさしかかろうとしている今の自分。逆立ちしても敵《かな》わないと思い知り、ため息がこぼれます。

その眼差しの精度は、東日本大震災を題材にした『キルトの家』や『時は立ちどまらない』でさえ寸分もずれてませんでした。当時、各局で制作された震災ドラマとは明らかに一線を画すもので、特に後者はシナリオを先に読んだのですが、被災者同士ですら決して平等ではないんだというやり場のない怒りを、激しく、かつ悲喜劇的に描いていて、自作で震災を扱ったばかりでもあったので、ああ、またしても発想は近いはずなのに、着地がぜんぜん違う！　ため息がもれました。

繊細かつ容赦ない眼差しで人間を描きつつ、時々とてつもなくアナーキーな表現に振り切るところも山田先生の魅力です。

『ふぞろい～Ⅱ』で仲手川が「僕はダンサーになるよ！」と立ち上がり、繰り広げられるミュージカルシーンの唐突さは何度見ても冷静ではいられません。

『ありふれた奇跡』における風間杜夫さんと岸部一徳さんの女装の異様さ。ただ事ではありません。以前、山田先生と対談した際、

「これまでは全ての秘密を暴かないと気が済まなかったけど、最近は半分くらいは秘密のまま、誰にもバレずに終わる方が良いと思うようになった、あの女装などはまさにそうです」

というような事を仰っていて、果たしてそれは優しさなのか、あるいはサディスティックなのか、判断できませんでしたが、実に「らしい」と思いました。

そしてまた『想い出づくり。』ですよ。まさかの、最終話に投入される根津甚八さん。序盤、好きなタイプを訊《き》かれ「わたしぃ？……根津甚八」と語っていた田中裕子さんの前に、突如現れる根津甚八。まさかの本人役？　と思いきや…あれは茶目っ気なのか、それとも破壊衝動なのか。計り知れない。そんな前例があるので、穏やかに流れる時間さえも、数秒後に何かとんでもない事が起こるんじゃないかと気が抜けない。その緊張感こそ山田先生の真骨頂だと思います。

前置きが長くなってしまいました。

そして、このまま前置きのみで終わってもいいかな？　と思い始めています。

自分にとって特別なドラマライターである山田先生が、他ならぬ『ドラマ』について書いたエッセイ集ですから、当然襟《えり》を正して、何か盗めるものはないかと目を皿のようにして読むわけですが、ドラマ同様に御本人も決してブレない、流されない、強い意志と精神の持ち主なんだなと改めて感じました。前述した数々の名作ドラマの誕生秘話。企画の立ち上げからキャスティングや打ち上げまで。ドラマライターの日常をかなり赤裸々に、包み隠さず書いてらっしゃいます。中でも感銘を受けたのは「1クールだけでいいから、全ての局の全ドラマが、視聴率を気にせず、本当に描いてみたいものを描いてみてはどうか」という提言であります。

本当にそう！　数字持ってないイメージが定着しつつある僕なんかが言ったら負け惜しみに聞こえるけど、山田先生が仰ると説得力が違う。胸のすく思いです。反面、もしそうなったとして、果たして1クールのドラマ枠が埋まるほど良質な作品が出そろうのだろうか。我が身に置き換えると非常に危《あや》うい。視聴率に悩まされ反発しながらも、どこかで数字で計られることに馴《な》れ、安心もしてしまっている。視聴率に結びつかない発想は、その段階で自らブレーキをかける悪い癖がついてしまっているんじゃないか。

「それ、面白いけど、視聴者はどう思うかな」

そんなしがらみから解き放たれた時、描きたいものが見えて来るのか、逆に目的を見失い、原稿用紙の前でただただ途方に暮れるのか。ライターとしての資質が問われる瞬間です。

山田先生がテレビドラマを主戦場としながら、並行して小説や戯曲を書き続けていらっしゃるのは、せめてドラマは自由に、描きたいものを書くためなのかな？ と勘ぐったりしてしまいます。それは自分が、ドラマを褒《ほ》められると気恥ずかしくなり舞台や映画の仕事ばかり引き受けてしまうのは、せめてドラマは自由に、描きたいものを書くためなんだと、己を正当化するための裏付けが欲しいのかも知れません。

だらだらと、バカがバカなりに葛藤《かっとう》しながら書いたファンレターのようなものを読んで頂き、ありがとうございます。

実際はただのファンでも、一応僕もドラマライターの端くれ、つまり同業者です。こうして解説を書かせて頂いたり、対談させて頂くことはあっても、悲しいかな作品づくりでご一緒することは不可能です。というわけで最後に恥を忍んで、本当はいちばん言いたかった事を書きます。

ウェイターの役でいいです。いつか山田先生のドラマに俳優として出演したい。それが僕にとっての想い出づくりです。

ご清聴ありがとうございました。

（脚本家・監督・俳優）

初出一覧

I

日常をシナリオ化するということ　「放送文化」一九七八年三月号　①
枝葉の魅力　「中央公論」一九八〇年十二月号　③
映画からテレビへ　大和書房編集部編『私の三十歳　男が人生と出会うとき』大和書房、一九九二年一月　④
映画とテレビのあいだ　「暮しの手帖」一九八〇年七月八日号　③
テレビ暮し　「創」一九七八年七月号　①
ボツ　「朝日新聞」一九八四年九月十八・十九日　③
父親の日　「友情・夢」一九七九年七月号　②
モーターの音　「朝日新聞」一九八四年九月二十七日　③
性格描写の行方　③
小さな夢　「ステラ」一九九九年五月二十二・二十八日号　⑤
笠智衆さん　大山勝美責任編集『創造と表現の世界　テレビ脚本／タレント篇』二見書房、一九七九年一月　③
遠い星の人——この女に魅せられて　「家庭画報」一九七八年一月号　①
向田さんのこと　向田邦子『眠る盃』解説、講談社文庫、一九八二年六月　③
五月の三日間　「小説新潮」一九八八年八月号　④

II　自作再見

女と刀　「宮崎日日新聞」二〇〇一年三月五日　⑤

それぞれの秋　山田太一『それぞれの秋』大和書房、一九八二年十二月
さくらの唄　『山田太一作品集 9』大和書房、一九八六年四月　④
岸辺のアルバム　その1　「朝日新聞」一九八九年五月二十一日　④
岸辺のアルバム　その2　『山田太一作品集 2』大和書房、一九八五年五月
男たちの旅路　『山田太一作品集 4』大和書房、一九八五年七月
夏の故郷／幸福駅周辺／上野駅周辺　『山田太一作品集 10』大和書房、一九八六年五月　④
緑の夢を見ませんか？　山田太一『緑の夢を見ませんか？』大和書房、一九八三年
沿線地図　『山田太一作品集 6』大和書房、一九八五年十一月
あめりか物語　『山田太一作品集 7』大和書房、一九八五年十二月　④
獅子の時代　山田太一『獅子の時代 5』教育史料出版、一九八〇年十二月
午後の旅立ち　『山田太一作品集 5』大和書房、一九八五年十月
想い出づくり。　『山田太一作品集 12』大和書房、一九八七年三月
タクシー・サンバ　「ドア・ツー・ドア」一九八二年一月十日号　③
終りに見た街　『山田太一作品集 1』大和書房、一九八五年三月
季節が変わる日／ながらえば／三日間　『山田太一作品集 1』大和書房、一九八五年三月
早春スケッチブック　『山田太一作品集 15』大和書房、一九八八年四月　④
ふぞろいの林檎たち　『山田太一作品集 16』大和書房、一九八八年七月　④
ちょっと愛して…／最後の航海　『山田太一作品集 1』大和書房、一九八五年三月
日本の面影　『山田太一作品集 14』大和書房、一九八七年八月　④
真夜中の匂い　山田太一『真夜中の匂い』大和書房、一九八四年七月　④
教員室　『山田太一作品集 1』大和書房、一九八五年三月
ふぞろいの林檎たちⅡ　『山田太一作品集 17』大和書房、一九八八年七月

冬構え　『山田太一作品集 1』大和書房、一九八五年三月 ④
シャツの店　山田太一『シャツの店』大和書房、一九八六年一月 ④
大人になるまでガマンする　山田太一『大人になるまでガマンする』大和書房、一九八六年四月 ④
深夜にようこそ　『山田太一作品集 13』大和書房、一九八七年四月 ④
時にはいっしょに　『山田太一作日集 11』大和書房、一九八六年十二月 ④
友だち　『山田太一作品集 13』大和書房、一九八七年四月 ④
今朝の秋／春までの祭　『山田太一作品集 18』大和書房、一九八九年三月 ④
なつかしい春が来た／あなたが大好き／表通りへぬける地図　『山田太一作品集 18』大和書房、一九八九年三月
夢に見た日々　『山田太一作品集 19』大和書房、一九八九年十二月
丘の上の向日葵　「朝日新聞」一九八八年十月十一日夕刊 ④
ふぞろいの林檎たちⅢ　山田太一『ふぞろいの林檎たちⅢ』マガジンハウス、一九九一年二月
ふぞろいの林檎たちⅣ　山田太一『ふぞろいの林檎たちⅣ』マガジンハウス、一九九七年六月

*各編末尾の丸数字は、収録エッセイ集を表す（丸数字のないものは本文庫版が初収録）。
①『昼下りの悪魔』冬樹社、一九七八年
②『路上のボールペン』冬樹社、一九八四年→新潮文庫、一九八七年
③『いつもの雑踏いつもの場所で』冬樹社、一九八五年→新潮文庫、一九八八年
④『逃げていく街』マガジンハウス、一九九八年→新潮文庫、二〇〇一年
⑤『誰かへの手紙のように』マガジンハウス、二〇〇二年

*本書収録エッセイの末尾には初出年を付した。初出媒体や掲載年が不明の場合は、単行本収録時の年数を付した。

*「Ⅱ」章収録の各編はその多くが自作脚本集のあとがきとして書かれたもので、エッセイ集に収録にあたり、一部改稿されている。

山田《やまだ》太《た》一《いち》エッセイ・コレクション

その時《とき》あの時《とき》の今《いま》

私記《しき》テレビドラマ50年《ねん》

二〇一五年一二月二〇日　初版発行
二〇二四年 六 月三〇日　3刷発行

著　者　山田《やまだ》太《た》一《いち》
企画・編集　清田麻衣子（里山社）
発行者　小野寺優
発行所　株式会社河出書房新社
〒一六二-八五四四
東京都新宿区東五軒町二-一三
電話〇三-三四〇四-八六一一（編集）
〇三-三四〇四-一二〇一（営業）
https://www.kawade.co.jp/

ロゴ・表紙デザイン　粟津潔
本文フォーマット　佐々木暁
本文組版　株式会社キャップス
印刷・製本　TOPPAN株式会社

Printed in Japan　ISBN978-4-309-41419-5

S先生の言葉

山田太一 41408-9

日本ドラマ史に輝く名作テレビドラマを描き続けた脚本家にしてエッセイの名手・山田太一が、折に触れ発表してきたエッセイを厳選しておくる「山田太一エッセイ・コレクション」第1弾。

豪快さんだっ！ 完全版

泉昌之 40902-3

飲んだら車は押して帰ればいい。大盛りがなければ二杯食えばいい。ヌルいモンには異を唱えろ！　過剰なまでに豪快に突き進む男の中の男を描いた著者代表作「豪快さん」が文庫化。単行本未収録作も多数。

優雅で感傷的な日本野球

高橋源一郎 40802-6

一九八五年、阪神タイガースは本当に優勝したのだろうか――イチローも松井もいなかったあの時代、言葉と意味の彼方に新しいリリシズムの世界を切りひらいた第一回三島由紀夫賞受賞作が新装版で今甦る。

適当教典

高田純次 40849-1

老若男女の悩みを純次流に超テキトーに回答する日本一役に立たない（？）人生相談本！　ファンの間で"幻の名（迷）著"と誉れ高い『人生教典』の改題文庫化。

アンフェアな月

秦建日子 40904-7

赤ん坊が誘拐された。錯乱状態の母親、奇妙な誘拐犯、迷走する捜査。そんな中、山から掘り出されたものは？　ベストセラー『推理小説』（ドラマ「アンフェア」原作）に続く刑事・雪平夏見シリーズ第二弾！

淀川長治映画ベスト10＋α

淀川長治 41257-3

淀川長治がその年のアンケートに応えたベスト10とその解説。そして、ベスト5。さらには西部劇ベストやヴァンプ女優、男優ベスト、サイレントベスト……。巻末対談は蓮實重彥氏と「80年代ベスト」。